Canon de cámara oscura

Seix Barral Biblioteca Breve

Enrique Vila-Matas
Canon de cámara oscura

Obra editada en colaboración con Editorial Planeta – España

Composición: Realización Planeta

Bajo el sello editorial SEIX BARRAL M.R.
Avenida Presidente Masarik núm. 111,
Piso 2, Polanco V Sección, Miguel Hidalgo
C.P. 11560, Ciudad de México
www.planetadelibros.com.mx

Primera edición impresa en España: abril de 2025
ISBN: 978-84-322-4479-7

Primera edición impresa en México: junio de 2025
ISBN: 978-607-39-3106-9

Impreso en los talleres de Impregráfica Digital, S.A. de C.V.
Av. Coyoacán 100-D, Valle Norte, Benito Juárez,
Ciudad de México, C.P. 03103
Impreso en México – *Printed in Mexico*

A Paula de Parma

1

ERES UNO DE ELLOS, ¿NO?

1

Es medianoche y Violet, en un ángulo del patio donde se celebra la fiesta, pregunta si me acuerdo de los Denver-7. Claro, personas artificiales, indistinguibles de nosotros. Androides, precisa muy puntillosa, como si en ello le fuera la vida. Y me habla de los sobrevivientes, de los androides del sector Denver-7 que todavía circulan por Barcelona, todos con recuerdos implantados y capacidad para reproducirse. Muchos de ellos, dice, han tenido descendencia. Sé de qué me habla. De entrada, porque se habló mucho de los Denver-7 en una época no tan lejana. Luego, menos. Algunos tienen un punto agresivo, una genética pendenciera.

Fueron programados para vivir cuatro años y un grave fallo en su energía eléctrica —el «Gran Apagón» de Barcelona— les dio vida abierta, de duración indefinida, pero últimamente ya no se habla de ellos, son discretos, jamás han buscado distinguirse de las personas corrientes. Violet disiente. Bueno, dice, no han buscado llamar la atención, pero más de uno es muy impulsivo, a cierta edad quieren vengarse de quienes los compraron para convertirlos en sus sirvientes.

No sabía, digo. Con el tiempo, dice, se las han arreglado para llevar una vida corriente, aunque algunos andan desorientados. Pregunto por qué desorientados. Por el enredo continuo, dice, que tejen en ellos los recuerdos implantados.

Me asombra que sepa tanto de los Denver-7, pero aún más que, tras tantos años de no vernos, Violet me esté ahora hablando únicamente de ellos. Trato de cerrar la charla, de acusada tendencia robótica. Bueno, digo, se trata de un fenómeno bien exclusivo de Barcelona. Violet percibe que quiero cambiar de tema, y se resiste. En todo caso, dice, el problema lo veo en que algunos Denver-7, al vivir más allá de lo que tenían programado, han ido accediendo a una conciencia empática superior.

Vaya. No conocía ese enfático concepto de «conciencia empática superior». Al aumentarles el tiempo que tenían de vida, dice, algunos han ido adaptándose tanto a su nueva programación que se han humanizado demasiado y, como te digo, están notando la llamada a la sublevación, y a algunos ha habido incluso que aplacarlos. Le pregunto qué entiende por aplacarlos. Que ha habido que discretamente *retirar* a algunos, dice, con ojos muy malignos, la verdad. Y qué entiende por *retirar*. Violet, impasible, dice que para evitar la alarma social, no hace mucho han *abatido* —utiliza ese pringoso eufemismo— a algunos exaltados haciendo pasar sus muertes como venganzas entre traficantes de droga.

No sabía nada de esto y la felicito por saber tanto sobre los sobrevivientes de los Denver-7, de Barcelona. Pues aún no sabes nada, dice. Y da un sorbo nada tímido al aparatoso cóctel que está tomando. Quizás sea el alcohol, pienso, el que está creando en Violet esa obsesión con los Denver-7, un tema que, por mi parte, preferiría dejar de lado.

2

Cometo un error y, simplemente por bromear, le pregunto si acaso ella no tiene recuerdos implantados. ¡Dios santo la que se arma! ¿Cómo iba a esperar esa reacción por su parte? Me lanza una mirada de ojos desorbitados y comprendo de inmediato que ha sido como si le hubiera dicho que ella es una Denver-7. Pero tal vez es lo contrario: como si le escandalizara que no la reconozca como tal, como Denver.

No sé qué hacer, me veo atrapado, en todos los sentidos. A Violet llevaba años sin verla, y lo que ahora registro es que tiene poco de aquella «novia eterna» de Altobelli, de aquella joven casi siempre callada y obediente, la muchacha discretísima que acompañaba a todos lados al malogrado Antonio Altobelli, mi admirado amigo y a la vez mi maestro de escritura, y uno de los pocos narradores valientes que ha tenido Barcelona.

No puedo dejar de recordar lo osado que era yo cuando me movía en el círculo de Altobelli, tal vez creía que me protegía él. Por ahí también se movía Violet, que debe de recordar que en aquellos días se decía de mí que era autista. No lo era, pero es cierto que en mis primeros años de ayudante de Altobelli, podía parecerlo. Andaba descomunicado del mundo de la gente corriente y tenía una marcada tendencia a decir en todo momento, sin filtro alguno, lo que pensaba. Era un alma libre, pero no un autista. Pasar por un autista me facilitaba las cosas, porque me permitía decir todo lo que pasaba por mi cabeza.

Me ocurría lo que hará unos meses vi reflejado en la atípica serie *Dinosaur*, escrita por una autista con un talento magnífico para darle la vuelta a todo y hacernos ver lo exageradamente ficticia que es la vida de cualquier neurotípico, esto es, de cualquier persona de las que se considera *normal.* Porque todos fingen todo el rato y lo que sucede es que jamás pueden ser ellos mismos, y a su manera, están tremendamente encerrados en algo que no existe y que tiene todo el aspecto de, en el fondo, no tener sentido alguno. Hablo del mundo, claro.

3

De Altobelli fui su secretario y sirviente, más tarde buen amigo, y después su heredero en la Tierra. Tuve una relación muy móvil con él: humilde y luego engreído secretario, compañero de borracheras, discípulo y, a su muerte, heredero de una potente biblioteca.

Pienso que Altobelli (también conocido como *el fracasista*) fue el escritor con más talento (o coraje, da igual) de su generación, la de los nietos de aquellos «héroes forjados en tantas batallas, hoy llorando por los rincones de las tabernas», de los que hablara Juan Marsé en *Un día volveré.*

Su capacidad para enfrentarse a todos los peligros no le sirvió para impedir caer derrotado por sí mismo. Pero, por lo demás, *el fracasista* prodigó los gestos de valentía, como cuando dijo a todo el mundo haberse decantado por una literatura que fuera desvergonzada, irresponsable, y sobre todo divertida, a lo Laurence Sterne (que era como decir Cervantes), pues si algo no soportaba era el narcisismo de los que creían contribuir a mejorar la sociedad con sus obras.

Supo divertirse, incluso a la hora de emprender su repentina y peligrosa «mala vida», que le fue llevando a un irremediable punto final. Pero no por eso, por tener que atravesar todo tipo de duros parajes vitales, se olvidó de seguir pasándolo bien, como tampoco de seguir aconsejándome lo que tenía que leer, empezando (humor no le faltaba) por *El Golem*, de Gustav Meyrink. Cuando se cercioró de que lo había leído, hizo de guía para dejarme un alto legado en forma de lecturas imprescindibles.

A cada libro que me recomendaba, le seguía una carcajada infinitamente seria. Algún día lo comprenderás, me comentó en más de una ocasión.

Recuerdo la tarde de hará ya diez años en la que, tras elogiar que congeniara tan fielmente con su visión del arte como «forma más alta de lo sagrado», me anunció que intuía que, por haber apostado él tan fuerte por destruirse, se estaba acercando irremediablemente a su último abismo.

Tardó tanto en decirme aquello tan grave que pensé que añadiría una carcajada para tranquilizarme. Pero ésta no sólo no apareció, sino que hizo una pausa tensa que nunca olvidaré, porque precedió a unas palabras que me sorprendieron aún más: al ritmo que iba hacia el final de su vida, dijo, no tardaría en heredar los libros de su biblioteca.

Que fueran a parar a mí, dijo, le ayudaría a irse más tranquilo al otro mundo. Dijo eso, y entonces sí: estalló en una risa, pero tan glacial que me produjo pánico. Fue como si con la biblioteca hubiera querido dejarme el legado de una risa mortal.

Esa tarde tan absolutamente memorable tuvo de todo. Lo digo porque me dejó un recuerdo extraño: tras confirmarme que iba a legarme su biblioteca, comenzó a decirme que, a diferencia de los que, sabiendo que él era inimitable, le imitaban y hacían el ridículo, a mí me veía como el único capaz de extender su obra, escribir a partir de lo que había escrito él y que la imitación no se notara porque, me gustara o no, yo era más raro que él. Y en el caso de que se notara, dijo, no importaba, porque siempre uno acababa por descubrir que lo que quería escribir era *indecible*.

En ese mismo instante comprendí mejor por qué le llamaban *el fracasista*. Porque su lucidez le hacía ver que estaba fracasando y aun así seguía escribiendo. Y porque esa misma lucidez le hacía ver la imposibilidad de expresarse con el código limitado de la lengua. Y también porque conocía la universalidad de ese fracaso que atañe (en los últimos cien años más que nunca) a todos los escritores con talento que ha habido y habrá, de modo que en el fondo a nadie que sea inteligente se le escapa que lo que quisiera escribir siempre va a resultarle *indecible*. Aunque no por constatarlo hay que dejar de escribir, no por eso hay que renunciar a las cosas del mundo, más bien lo que hay que hacer es lo que recomendaba Julio Cortázar en *Rayuela*: «pero lo que yo quisiera decir es justamente indecible. Hay que dar vueltas alrededor, como un perro buscándose la cola [...] simplemente hago todo lo que puedo para que las cosas me renuncien a mí».

4

En aquella tarde para mí memorable, en la que todo mi ser crujió, hubo un momento en el que pensé en decirle a mi antiguo jefe que no tenía por qué ver tan próximo el abismo. Pero él, como si hubiera intuido que iba a decirle algo de ese estilo tan blando y bondadoso, se adelantó para anunciarme que tenía una «idea sombría», pero altamente interesante para el futuro de su biblioteca cuando ésta fuera mía.

No tardé en saber que la idea sombría consistía en que aligerara lo máximo posible la biblioteca que recibiría y seleccionara de ella mis libros predilectos —un número indeterminado de libros de cabecera— y los colocara en un cuarto mal iluminado de mi casa, y allí pasara a estudiar la posibilidad de que, algún día, cuando como lector estuviera más curtido, algunos de ellos llegaran a constituir un muy subjetivo *Canon intempestivo*.

—¿Me explico?

—¿Un Canon?

—Sí, pero intempestivo, ligeramente inactual. Porque yo creo que en pocos años, si lees todos los días, estará muy pronto a tu alcance hacer un Canon equivocado, como el que hacen todos, pero más esquinado que el que hacen todos.

—¿Y por qué mal iluminado?

—Precisamente por eso, porque el tuyo tampoco tendrá muchas luces.

Altobelli rio más que nunca. Parecía que nada le hiciera tanta gracia como la oscuridad.

—Y porque, sin las sombras —dijo—, los libros que tanto nos gustan no serían nada.

Esta última frase dio paso a un momento que tantos años después aún sigue grabado en mí, pues aquellas palabras engoladas, un tanto solemnes, imitaban sin querer el tonillo habitual, rayando en cursilerías o gratuidades, del ensayista Maurice Blanchot. Y eso provocó que se me escapara tímidamente la risa. Lo más curioso de todo: a Altobelli le pasó lo mismo y acabamos riendo los dos en una estruendosa conjunción de carcajadas que corroboró la complicidad que podía haber entre los dos a la hora de reírnos de alguno de nuestros ídolos.

—¿Y por qué un Canon intempestivo?

Por un momento, tras la pregunta, estuve a punto de rehabilitar quizás demasiado rápido y en secreto a Blanchot, que una vez dijo algo tan afortunado como que la respuesta es muchas veces la desgracia de la pregunta. Pero no importaba, acabé pensando, que esa desgracia pudiera darse, y repetí la pregunta.

—¿Y por qué intempestivo?

—Porque es el adjetivo que gritaba Nietzsche antes de caer en aquella estrepitosa locura en Turín. Me gustan las locuras, qué quieres que te diga. Y si son de Nietzsche mucho más. Y porque un amigo acaba de decirme en una carta que para ser realmente contemporáneo hay que ser ligeramente inactual. Y créeme que me ha ayudado que me propusiera que, un día, cuando notara que había llegado el momento, me situara en esa posición desplazada que nos provee el lenguaje.

—¿Desplazada?

Hablaba, dijo, de esa posición desde la que se abría, a modo de paralaje, la distancia crítica que nos permite esbozar una discrepancia.

¿Paralaje? ¿Qué significaba aquella palabra? Sonrió paternalmente. Era, dijo, como la variación aparente de la posición de un objeto, especialmente un astro, al cambiar de lugar quien lo mira.

Observé, divertido, que sin darse cuenta, él había vuelto a hablar de forma engolada, tipo Blanchot.

¿Y quién era el amigo que le había hablado de lo *intempestivo*? Se trataba de un narrador, Carlos Fonseca, un costarricense y también portorriqueño que escribía en Londres y era el mejor amigo del doctor portugués que a su vez era también el mejor amigo de Altobelli.

¿Y cómo se llamaba aquel portugués? Ya lo sabría con el tiempo, dijo. Y pasé a sentirme en cierta forma algo desplazado.

—Y perdona, vuelvo a preguntarte, ¿por qué un Canon?

—Porque puede que te ayude a tener un proyecto en la vida. Ya eres, de hecho, un desplazado. ¿Por qué no probar a desplazarte todavía más?

Me pareció que acababa de darme una sombría idea, pero en el fondo muy iluminada: el Canon desplazado.

—Ya entiendo —dije—. Puesto que voy a fracasar, como todo el mundo, que al menos sea divertido hacer el Canon torcido.

Se aguantó la risa y me corrigió:

—Desplazado.

5

Mientras Violet sigue examinándome muy de cerca y con excesivo interés —ya sólo falta que me pida que le enseñe la dentadura—, me pregunto qué hago aquí en esta fiesta, donde apenas conozco a nadie, casi todos son del gremio barcelonés del arte y a la gran mayoría ni los había visto en toda mi vida.

Pero de verdad, me digo, que no sé qué hago en esta fiesta. Está bien que me guste sentirme desplazado en todas partes, pero, si quiero ser más sincero conmigo mismo, haré bien en recordar que si estoy aquí es porque me ha invitado Chus Martínez, que es amiga de hace tiempo y llegó ayer de Basilea, donde trabaja en el IAGN (Institute Art Gender Nature), y ha organizado esta fiesta nocturna en el patio de este piso del Ensanche.

Fue divertido el otro día cuando, al llamarme para invitarme, Chus me preguntó casi a bocajarro «cómo llenaba mi vida». Es así Chus, a veces te dice lo que menos esperas. Fui lo más ágil que pude:

—La lleno construyendo un Canon.

En realidad, me habría ido mejor diciendo que llenaba mi vida con la construcción imaginaria de «una atmósfera de Canon». Pero entonces habría tenido que explicar por qué «imaginaria», y posiblemente todo se me habría complicado más. De modo que —pensando que no me iría mal explicármelo también a mí, pues buena falta me hacía— vine a decirle más o menos que iba componiendo un Canon con unos cuantos libros que sintiera míos y a los que pudiera regresar una y otra vez sin agotar nunca su sentido.

¿Sigo?

—Sí.

Fue un «Sí» que encontré raro, porque respondió a una pregunta que me había hecho a mí mismo en una pausa de la conversación con Chus, pero que no había formulado en voz alta. Por eso lo vi raro. Decidí seguir como si nada. Pero quedé inquieto. Y caí en una especulación que me llevó a un lugar inesperado: a la sospecha de que aquel «Sí» lo había dado el Autor, esa figura que sobrevuela la vida de muchos narradores.

En cualquier caso, me dije, no tendría por qué entrometerse el Autor en esa conversación con Chus que hasta me servía para aclararme acerca de la clase de Canon que estaba construyendo. Es un Canon muy privado —seguí diciéndome— y no voy a imponérselo a nadie, aparte de que sería una locura intentarlo si lo que busco es una lista un tanto desplazada que no tiene por qué tener muchos feligreses.

—Me sirve el Canon —acabé siendo muy franco con Chus— para vivir mejor, tal vez para vivir con mayor pasión la lectura, metido a fondo en la construcción de algo.

Y sigo de acuerdo con esto. Lo importante es que lo esté construyendo. Si un día, por lo que fuere, algo o alguien demoliera mi Canon desplazado y arbitrario, no tendría por qué pasar nada, lo importante siempre habría sido haberlo llevado a cabo. ¿O acaso todo lo que se crea no puede ser demolido? Para mí lo que permanece es la sensación de que un día, en algún lugar, *se construyó algo*.

—¿Sigues ahí, Chus?

—Sí, casi oyendo lo que piensas.

6

Lo que más me choca de Violet es que se haya vuelto tan locuaz y también tan enérgica, mucho más sin duda que antes, cuando ejercía de discretísima novia obediente. Y también que ahora sea tan *moderna* cuando antes de moderna no tenía absolutamente nada. Han pasado los años, me digo, pero hay ahí en esa modernidad de Violet una voluntad evidente por «estar al día», como si eso, en los tiempos que corren, siguiera siendo tan necesario como antes.

La miro directamente a los ojos, seguramente necesito confirmar que ha cambiado mucho con respecto a cuando era tan sumisa. Ella percibe que la observo, y reacciona con un desagrado que me parece fingido. Dice que, por estar mirándola así, acabo de ganarme a pulso que ahora retome el tema de los Denver.

—¿De los Denver-7? —pregunto.

—De los Denver, hijo. El 7 es sólo una categoría comercial.

¡Los Denver! ¡No, por favor! Le salgo al paso cuanto antes. Quizás crees, digo, que es un asunto de lo más moderno, de inteligencia artificial y todo eso que tanto se lleva ahora, pero en realidad tu tema es robótico y poco tiene de moderno, es más antiguo que la Biblia: la insurrección de la fuerza bruta contra la inteligencia.

Ella ríe, aunque contrariada. Por no hablar, digo, del Golem, o de aquella otra novela de Karel Čapek en la que el invento de un ingeniero trastornaba la conducta humana y social cuando, al desintegrar la materia para producir energía, liberaba también el místico Divino Absoluto.

¡Válganme Dios y el Divino Absoluto! ¡La que ha vuelto a montar Violet, sin que tampoco esta vez lo hubiera previsto! Quizás me haya extendido demasiado hablando de Čapek... Da ella un salto algo extraño, como automático, hacia delante, furibunda, y derrama parte del cóctel. Y de inmediato, buscando ser oída en el bar instalado en el centro de la terraza, pide que le sirvan otro bullshot.

—¿Algún problema con Čapek? —bromeo.

—Pues sí. Con Čapek y los otros checos que vayas a nombrarme. Tengo que decirte que últimamente lo conviertes todo en literatura y ves escritura donde los demás vemos la rutina de los días, no sé, pero se te ve muy esclavizado, muy poseído por los libros, se te ve todavía muy *mayordomizado*, qué quieres que te diga.

Me sorprende la confianza cada vez mayor con la que me habla, aunque ésta tenga su lógica, pues, a fin de cuentas, nos vimos casi cada día durante una época, ella como discreta novia obediente, y yo como secretario (no mayordomo) y colaborador de vez en cuando de la juerga constante que en sus ratos libres Altobelli tenía por costumbre desplegar. Pero eso no quita que lo de *mayordomizado*, aparte de ser cómico y de no haberlo oído nunca, suene pésimo.

—Tanta y tanta literatura —insiste Violet—, ya va siendo hora de que comiences a abrirte a la vida de la gente corriente, ¿no te parece?

Enseguida identifico la trampa, porque ella tiene que haber visto que estoy *humanizadísimo*, incluso diría que mucho más de lo que me conviene. Y por tanto lo que va buscando Violet es que me indigne por la acusación y mi repentina ira revele lo que realmente soy: un Denver que no quiere humanizarse más de lo que ya lo está, porque podría acabar *abatido* en cualquier esquina.

Pausa.

(Como Violet me ha acusado de convertirlo todo en literatura, aplico ahora sin complejos, a modo de secreta venganza, el recurso de las *pausas* que Samuel Beckett insertaba en los manuscritos de sus obras, a la manera un poco de partituras, cuyo ritmo tenían que elegir los lectores.)

—Pero es que creo que se nota a la legua —le digo a Violet— que soy una persona corriente que habla con la gente corriente como tú.

Por toda respuesta, Violet me dice que hablo muy bien para venir de donde vengo.

7

En cualquier caso, me indigna lo que está detrás de sus palabras: la cínica acusación de vivir entre libros cuando llevo años comportándome con pragmatismo, realismo, con un sentido práctico absoluto, como se ha podido ver en los últimos años con la compleja gestión, por ejemplo, de la herencia que, tras su desgraciada muerte, recibí de la añoradísima Aiko.

Pensar en mi mujer, en la excepcional Aiko, me lleva siempre a enfurecerme por el modo en que la perdí y por lo que, no voy a engañarme, podría haber hecho para evitarlo. Ese viejo malestar, incrustado en mí para siempre, lo vierto ahora contra Violet, por el injusto reproche que ha utilizado sólo para tenderme una burda trampa. El deseo de venganza me lleva a preguntarle si no será que ella es una Denver en rebelión. Y añado con un odio que no disimulo:

—Concretamente, una Denver alcoholizada, desbocada.

No me oye, por fortuna. Y es que, justo cuando le digo esto, irrumpe un potente equipo de música, instalado en este patio interior de este piso del Ensanche. La primera pieza musical que suena me atrae tanto que utilizo una aplicación del móvil y averiguo título y músicos: *Love Concert*, de Cocktail Naïf.

Nunca había oído canción instrumental tan obsesiva. Si tuviera letra, *Love Concert* repetiría con insistencia que la noche, como mi Canon *in progress*, es un viaje rectilíneo, abierto y sin retorno, como lo es todo trayecto a Parte Ninguna, topónimo, quién lo diría, de una ciudad que existe de verdad y que, uniendo las dos palabras y utilizando dos mayúsculas en su nombre, es llamada así, ParteNinguna, lugar que pienso visitar algún día, aunque sólo sea para comprobar que de verdad existe.

En el fascinante Kubrick de *Eyes Wide Shut* encontré la mejor secuencia que he visto sobre ese tipo de viaje por una noche lineal y sin retorno. Un Tom Cruise vagabundeando por las calles de Nueva York después de que su esposa le haya contado una fantasía sexual, un breve encuentro en Cape Cod con un oficial de marina a quien nunca llegó a conocer, pero del que se enamoró para siempre...

¿No recuerda esa escena de *Eyes Wide Shut* a la que cierra el cuento «Los muertos», de Joyce, cuya perfecta frase final llevo años sabiéndome de memoria: «Su alma caía lenta en la duermevela al oír caer la nieve leve sobre el universo, como el descenso de su último ocaso, sobre todos los vivos y sobre los muertos»?

Y, por otra parte, si me sentí raptado con esa secuencia de Kubrick, creo que fue porque me comunicó con unas líneas de Paul Auster aplicables a cualquiera de sus libros: «Descubrió que sus pasos, al no llevarlo a ninguna parte, lo conducían hacia el interior de sí mismo. Esta idea se convirtió en fuente de felicidad. Y entonces se dijo a sí mismo, con un tono casi triunfante: Estoy perdido».

Perderse en ParteNinguna, pienso. Y me río. Y me pierdo.

—«Me hallé perdido en una selva oscura» —dice, citando a Dante, una voz aguafiestas, quizás con ánimo paródico y que no creo que pueda ser otra que la del Autor.

8

Todo recuerda a todo, sentenció un diseccionador de series televisivas que, al ver *Ozark*, observó que ésta le recordaba a *Breaking Bad* sin caer en la cuenta de que ésta recordaba en realidad a muchas otras series, y éstas a su vez al mundo de los relatos renacentistas que, a su vez, recuerdan al de los clásicos latinos, y éstos a su vez al de los clásicos griegos, y así, yendo atrás —«botes que reman contracorriente», que decía Scott Fitzgerald—, seguimos golpeándonos, devueltos sin cesar al pasado, sin saber dónde empezara todo y ni siquiera por qué empezó...

Casi estoy oyendo estas palabras en boca de Altobelli en su última conferencia, aquella en la que hablaba de la tragedia de ser discípulos de otros, y para quien la literatura era un gran palimpsesto, un mosaico de citas en el que los autores y las obras se han ido construyendo a partir de los autores y las obras precedentes.

En pleno *Love Concert* subo la voz para decirle a Violet que es la primera vez que salgo de noche en los últimos años, muy posiblemente los siete u ocho años que hemos estado los dos sin vernos.

Veo que, como era previsible, no me ha oído. Y puedo aceptarlo. Pero me molesta que no pregunte siquiera qué acabo de decirle, y aún más que busque imitarme en lo de acercarme tanto a ella. Y es que ahora está observándome tan exageradamente de cerca, con tal minuciosidad, que hasta parece que repase, uno a uno, los botones de mi camisa.

Aparta tus ojos robóticos de ahí, querría decirle. Pero, como si hubiese una conexión subterránea entre los dos, aparta sus ojos de mí sin necesidad alguna de que yo se lo pida. Decido que, aun sabiendo que va a resultarle indiferente, debo describirle una inquietud personal, íntima. Y le digo que, al dirigirme hoy hacia esta fiesta de nuestra común amiga Chus Martínez, he notado la inseguridad del suelo, como si, en las horas de oscuridad, el adoquinado de Barcelona no me sostuviera.

Indiferencia total, en efecto. Pero ninguna para su bullshot, porque acaba de pedir otro sin haber terminado el que bebe. Me imagino privándola del cóctel, enviándoselo de un manotazo al suelo del patio. Violet, como si hubiera captado rastros de violencia en mi rictus, ensaya una cierta agresividad también en su expresión y dice, muy lentamente, deletreando la frase:

—Todavía juegan los perros de caza.

—¿De qué caza?

—La del patio. Y te aviso, la presa no se les escapará.

No tengo por qué entender de qué me habla, pero también podría ser que lo entendiera perfectamente y, en ese caso, debería ya ponerme en guardia y hasta plantearme salir corriendo de la fiesta, previo manotazo al cóctel y a ese exasperante gorro de piloto ruso que lleva y que tanto me recuerda al que lleva Frances McDormand, la policía de *Fargo*, de los hermanos Coen.

9

Se eleva innecesariamente la tensión cuando Violet me pregunta qué ha sido de mi hija Ryo.

—Y dime, ¿sigue Ryo con aquella marcha?

—Con mucha menos —respondo—, pero es más feliz que antes, desde que hace tres años se casó con un señor de Berna.

Justo al decirle esto recuerdo la envidia que sentía Violet hacia mi hija. Y trato de que esa envidia aumente contándole que Ryo está más guapa y encantadora que nunca y, es más, cada día se parece más a una actriz del cine mudo. Le hablo de Louise Brooks y pregunto si la conoce. No, dice Violet, pero le pega mucho lo del cine mudo. Pregunto por qué. Porque todos sus enredos y atropellos y canalladas, dice Violet, ha sabido hacerlos siempre bien calladita, bien muda, sin que se noten.

Violet habla sin filtro alguno. No puedo creer lo que he oído, aunque es difícil desmentir sus palabras, y, flemático como a veces soy, prefiero pasar por alto lo que ha dicho y desvío todo hacia el peinado por el que Brooks se hizo famosa en los años veinte, contándole —Violet ni me escucha— que era un corte muy corto de pelo al que todo el mundo llamaba...

Pausa.

Al final lo recuerdo:

—¡Bob Lulu!

Cara de desprecio de Violet. No puede estar más claro que la manía y la envidia que le tenía a mi hija han aumentado mucho.

Las cartas que me escribe Ryo desde Berna, le digo con saña, emiten signos de una felicidad extraordinaria. No para de decirme que sus días allí son perfectos, perfectos. ¿Sabes lo que quiere decir esto?

—Ni saberlo quiero.

Ni yo seguir mintiendo. Y es que la realidad —aunque no voy a darla a conocer a Violet— no puede ser más distinta desde que se casara, Ryo vive en Berna, lleva tres años allí, pero cada día es más y más imperfecta su vida, algo nada raro teniendo en cuenta que convive con un verdadero patán. Y decir patán es bien poco. Un tipo que presume de tener una fortuna de valor incalculable y que, además, cree que la Tierra es plana, lo que agrava su imperfección y me ha confirmado siempre que, entre otras cosas aún peores, es un perfecto imbécil al cuadrado.

Y sí. El mundo perfecto y feliz que le he trasladado a Violet no es el de Ryo actualmente, su vida no va por ahí. Por fin ha entrado en crisis con el terraplanista y, de hecho, ella está al caer en Barcelona. Cualquier día de esta semana o de la próxima, mañana mismo incluso, podría presentarse en casa, así están las cosas.

Quizás nadie lo sepa, pero la espero como nunca esperé a nadie, ni a nada. Ryo siempre fue para mí esencial, el centro del mundo, y lo absurdo es que no haya forma de que ella crea que me voy a alegrar de que regrese. Tal vez me reprocha no habernos visto casi en estos últimos tres años. Pero es que me resultaba un grandísimo problema tener que aguantar a Fritz más de medio minuto.

10

De Violet lo que más me divierte es que siga envidiándole tantas cosas a Ryo.

Me divierte tanto que ahora la atormento preguntándole si no es maravilloso que a Ryo todos los días le parezcan perfectos.

—¿Dices que perfectos? —pregunta conteniendo cada vez más su enojo.

Y después la veo concentrarse en algo que sin duda la obsesiona y que explicaría por qué me mira con tanta fijeza y por qué ya no puede estar más rato sin decírmelo:

—Eres uno de ellos, ¿no? —susurra.

—¿De quiénes, Violet?

Vuelve a mirarme a los ojos y algo ve ahí que la horroriza, o la desconcierta, no sé, pero lanza de pronto un grito casi incontenible, escalofriante, desmesurado, quién podía esperarlo.

No sé cómo reaccionar cuando el grito cruza de lado a lado la fiesta.

Y supera en sonido a la música de Cuyo Moon:

—Eres uno de ellos, ¿no?

11

Algunos de los invitados se quedan paralizados, y más de uno mirándome, como si tratara de averiguar de qué puedo ser sospechoso. Hasta que, poco a poco, la pregunta empieza a desvanecerse.

Algunas parejas bailan *Lay Lady Lay*, de The Byrds. Pero aún me dura el susto, no tanto por el miedo que haya podido darme ese grito poderoso, sino por lo que pueda estar detrás de la pregunta.

Teniendo en cuenta que, cuando acompañaba a Altobelli a todas partes, Violet no trabajaba en nada, espero a que vaya calmándose para preguntarle —cualquier maniobra de distracción me sirve, creo— a qué se dedica actualmente, si es que se dedica a algo.

—Será una broma, ¿no? Soy museóloga, todo el mundo lo sabe.

Por lo que me cuenta de mala gana, una museóloga es una analista de las conexiones específicas en los museos entre los seres humanos y la realidad. Me quedo igual que estaba, sin saber qué es una museóloga, pero las conexiones de las que habla me suenan a lo que Aiko llamaba la «práctica de la emoción», y también a esa «conciencia empática superior» acerca de la cual parece saberlo todo Violet.

Pasa a examinar más de cerca mi rostro, como si fuera la mejor forma de leer en él mi pensamiento.

Husmea con intensidad en busca de algo que no alcanzo a saber qué podría ser, salvo que esté esperando que gire mi cara hacia la izquierda para que choquen inevitablemente nuestros rostros, que es lo que acaba de ocurrir.

El choque incluso ha provocado que Violet haya estado a punto de perder el equilibrio, si es que no lo ha perdido, porque la estoy viendo en una postura que confunde a cualquiera: no se sabe si está sentada en su silla, o en el suelo, o en ambos lugares a la vez. Espero una explosión de ira por la posición nada natural en la que el choque de rostros la ha dejado, pero afortunadamente esa reacción no llega.

Nadie tiene por qué saberlo, pienso, pero cuando me espían y estudian y digamos que me examinan a fondo en «modo museólogo», siento que me están obligando a mí también a observarme. De esto habló Kafka —¿cómo no?— cuando dijo que la observación, la inspección que hace uno de sí mismo, impide que por el camino se pierda alguna idea de las que uno estaba a punto de llevar a la luz y, es más, surgen espontáneamente ideas perseguidoras de la idea perdida, lo que provoca que esa misma actividad que llamamos «observación» se vea a su vez perseguida, en cuanto idea, por una nueva observación, una nueva inspección de uno a sí mismo.

12

Sospecho que esa atmósfera literaria que es tan detectable en todo lo que hago proviene en parte de mi costumbre de nombrar al inevitable escritor de Praga. Pero ¿cómo no le voy a tener tan presente si es alguien que fue capaz como nadie de centrarse en lo esencial, es decir, de centrarse en la búsqueda de una justificación posible de la vida humana?

Preveo que seguiré esta noche nombrándole tanto que entiendo que lo mejor que puedo hacer es convertirle en K y así estaré más tranquilo cada vez que vea que voy a citarlo. De todos modos, no tendría que sentir aflicción alguna por estar creando esa atmósfera tan literaria en todo lo que hago, pues está claro que obviamente la construcción de un Canon la requiere.

13

Terrores fríos he padecido con frecuencia, sobre todo ante los desconocidos (que son multitud), pero nunca tantos y tan glaciales como el día y la hora en los que, al despertar de la anestesia, tras mi operación de hace unos años a vida o muerte, tuve la sensación de estar conociendo la experiencia de total desamparo que un ser humano tiene al nacer, pero que jamás recuerda.

En un primer momento, por el rumor de voces desconocidas a mi alrededor, creí que alguien se había molestado en colocarme en un planeta distinto a la Tierra. Pasaron unos minutos infinitos, hasta que comprendí que seguía donde me habían intervenido, pero con la nítida impresión de haber *renacido* literalmente.

Recuerdo que un día le conté a Ryo con todo detalle la historia de mi *segundo nacimiento* y que ella, contrariando lo de *segundo*, me dijo que celebraba que finalmente hubiera llevado a cabo la tarea que tenía pendiente.

—¿Cuál?

—La de atreverte a nacer por primera vez.

14

Intuyo, cada vez más, que Violet quiere impedirme que pueda seguir cruzando por la vida con la marcha *libre y alegre* de la que recuerdo que hablara K en uno de sus aforismos de Zürau, para mí el más aéreo, aquel en el que decía: «Cuantos más caballos enganchas al tiro, más rápido va; no la tarea de *arran-*

car el bloque de los cimientos, que es imposible, sino la ruptura de las riendas y con ello la marcha libre y alegre».

La ruptura de las riendas. Mi Canon desplazado, mi Canon intempestivo, mi Canon de cámara oscura, ofrece como ninguno la posibilidad de esa alegre ruptura, que yo creo que es escenificada, de forma inmejorable, en «Deseo de convertirse en indio», relato breve del joven K incluido en *Contemplación*, libro que en lo que llamo «instante piel roja» tiene el fragmento más insuperable, la estrella mayor de los treinta y cinco que llevo ya seleccionados para mi Canon desplazado.

De hecho, el aforismo de Zürau «Cuantos más caballos enganchas al tiro...» lo he visto siempre como la continuidad de aquel temprano «instante piel roja» que ya no puedo resistirme más a transcribir aquí:

«Si uno fuera de verdad un indio, siempre alerta, y sobre el caballo galopante, sesgado en el aire, vibrara una y otra vez sobre el suelo vibrante, hasta dejar las espuelas, hasta desechar las riendas, pues no había riendas, y por delante apenas veía el terreno como un brezal segado al raso, ya sin cuello ni cabeza de caballo».

15

Todavía retumba en mis oídos la pregunta de si soy «uno de ellos», tal vez porque quien la ha gritado, Violet, no sólo sigue ahí, sino que sigue inquieta.

Me contengo, pero me gustaría decirle que reprima su labor detectivesca. Prefiero ser prudente y me quedo pensando en «el bloque de los cimientos» del que hablara K en su aforismo más aéreo, lo que me permite especular con lo bien que me iría hacerme con ese bloque para pasear con mayor seguridad de noche por Barcelona.

16

Violet ahora con las mejillas hinchadas de risa contenida. ¿Qué puede estar pasando ahí? Quién sabe, quizás la carga de dinamita que parece ir almacenando ella por si se la importuna. Así que no seré yo quien le pregunte nada, ni la moleste.

—Mira —dice de pronto—, la vida es mucho más fácil de lo que piensas, así que relájate.

Es un buen consejo, pero no voy a hacerle caso, porque su voz me ha sonado deformada, como tocada por el alcohol. Y porque imaginar una mezcla de autismo y alcohol me sobrepasa, despierta mis temores. Además, no quiero confiarme, no sea que, entre tanta paz y concordia, no acabe ella sacándose de su gorro ruso unas esposas y, en plena fiesta, me deje inmovilizado.

Para olvidarme algo de ese peligro, he vuelto a pensar en el caballo de K en «Deseo de convertirse en indio», donde el dispar empleo de los tiempos verbales puede parecer atropellado, incoherente, o llevarnos a pensar que no corrigió lo que había escrito. Pero pronto vi que en realidad liberarse de los tiempos verbales fue una forma más de intentar ir más allá de los límites de la escritura.

El de K es un texto temerario, ya que, aun siendo prudente en el léxico, complica la frase desde un punto de vista sintáctico, y sobre todo, lógico. Por un lado, hay una deliberada falta de dominio de la lengua y, por otro, una entrada a saco en el área de las posibilidades que estaban al alcance de K.

Pienso en esa área de las posibilidades y me acuerdo de las posibilidades que desechó de pronto Altobelli al entregarse, de un día para otro, a esa pulsión —algunos la consideran adolescente— de llevar una «vida de escritor maldito» que acabó con él.

Lo que más deploro es que Altobelli eligiera esa tan agotada y tópica vida de maldito justo cuando él, tras unos meses iniciales de desalmada tiranía, había empezado a tratarme mejor. Tuvo tiempo, en todo caso, para introducirme con destreza en el intrincado mundo de la lectura. Y en todo momento actuó pensando en que, cuando él descendiera a los abismos, yo, con naturalidad, pudiera ir convirtiéndome en el escritor que prolongara su obra, su complejo mundo de *fracasista.*

17

Su afán —así me lo dijo— fue convertirme en un «hombre de cultura» en el sentido que le daba a ese concepto el magistral *fracasista* Julio Ramón Ribeyro: «dominar lo diverso, y hacer patente el caos que agobia a la mente creativa».

Y un detalle ahora nada menor: el diario de Ribeyro, *La tentación del fracaso*, un fragmento que siempre me persiguió, lo trasladé al Canon el viernes de la semana pasada. Ni que decir tiene que la presencia de Ribeyro era imprescindible en todo ese ritual matinal de reencuentro diario con mi pulsión de escritura, ritual basado en tres movimientos: biblioteca, ventanal y gabinete.

Primero, se trata de entrar en el cuarto oscuro de la biblioteca ligera y, casi a ciegas, elegir al azar un libro; lo segundo es llevar ese libro a la luz del ventanal de la casa y elegir un fragmento que me seduzca, que me inyecte ese estímulo impagable que me acaba llevando al gabinete de la escritura; lo tercero, ya en el gabinete, en ceremonia privada, dedicarme a una breve o larga, según el día, ficha para el archivo del Canon.

En el fondo, todo el ritual es un intento de recobrar la escena original, la del día en que, habiendo leído la frase «escucho con mis ojos a los muertos», de Quevedo, sentí lo que nunca antes había experimentado: el impulso de reunir palabras, de escribir o, mejor, de tratar de escribir o de entrever lo que escribiría si escribiese.

Tras aquel día, sería decisivo y definitivo, en cuanto a seguir sintiendo aquel impulso, mi encuentro en el libro de Ribeyro *Prosas apátridas* con este agraciado fragmento que sintetiza el *fracasismo* (y que el viernes de la semana pasada volví a encontrar en *La tentación del fracaso*):

«Leyendo hace poco a Cervantes, pasó por mí un soplo que no tuve tiempo de captar (¿por qué?, alguien me interrumpió, sonó el teléfono, no sé) desgraciadamente, pues recuerdo que me sentí impulsado a comenzar algo... Luego todo se disolvió. Guardamos todos un libro, tal vez un gran libro, pero que en el tumulto de nuestra vida interior rara vez emerge o lo hace tan rápidamente que no tenemos tiempo de arponearlo».

¿Acaso se puede explicar mejor, y más sintéticamente, la clave del fracaso general de quienes escriben?

18

¡Los fragmentos! No son, no son, como tanto se cree, una parte más del todo, sino una parte importantísima del todo. Por eso tienen que tener la potencia suficiente como para que podamos abrir un libro por cualquier página y leer sin necesidad de saber qué ha sucedido antes o pasará después. Son fragmentos que me recuerdan a ese tipo de libros que van sin tapas, porque son abiertos y libres, y se puede escribir antes y después de ellos.

«El fragmento tiene algo de potencia presente que no necesita del pasado ni del futuro», escribió en su libro *Biblioteca* el portugués Gonçalo M. Tavares (en la oscuridad de la cámara oscura, esperando al Canon), un autor al que se le puede aplicar lo que él dice, en ese mismo libro, de Ludwig Wittgenstein, al que califica de «*mentalmente desplazado*, como todos los individuos interesantes».

Me gustaría que fuera así cómo describiera Ryo un día mi Canon: «Mentalmente desplazado e intempestivo, como todos los cánones interesantes».

Es una intuición reciente y aún pendiente de que cuadren ciertos detalles. Pero si todo saliera como planeo, buscaré, a través de mi escritura, algo que me gustaría que existiera, por mucho que sólo fuera sobre un papel. Seguiré esto que en Paul Valéry leo como si fuera una consigna que me dirigiera él mismo: «El infinito, querido, es bien poca cosa; es una cuestión de escritura. El universo sólo existe sobre el papel».

Me gustaría crear una especie de atmósfera de Canon que, en la noche de los tiempos, nos permitiera a Ryo y a mí andar por ahí juntos en una infinitud compartida, por las afueras de la ciudad de ParteNinguna, a la que llegaríamos caminando, en una larga travesía que nos iría llevando fuera de aquí, fuera de la Tierra, fuera del universo, y que nos haría seguir marchando por las afueras de todo y hasta por las afueras de las afueras, y con suerte sin retorno posible.

Pausa.

Ryo, la bella Ryo, la perversa Ryo, muy capaz de enloquecer a un hombre, en todos los sentidos, con viaje al manicomio incluido.

—Mira —diría en algún momento Ryo cogiéndome del brazo en lo que parecería una escena costumbrista—, es raro porque ya no está lo que antes siempre estuvo aquí al final de la ciudad, ¿no? Y han talado los árboles y todo ha cambiado, ¿no te parece?

19

¡Los fragmentos! Contra los que cuestionan su exaltación, prefiero a los que defienden el fragmento cuando es ideado, pensado como antídoto contra su banalización; prefiero a los que, como Francisco Jarauta, nos dicen que frente a las tesis del clasicismo sobre la unidad de la cultura, y de la civilización, lo que nos queda a nosotros es el fragmento, que se multiplica; el fragmento que actúa como revulsivo contra toda positivización de los lenguajes artísticos, cuando lo más importante es que muestren su tensión, su versión del naufragio de cualquier discurso totalizador.

Ya no podemos averiguar nada, nos dice Jarauta en *Poéticas del fragmento* (lleva veintiún días en el Canon), nada que no sea por aproximación, de manera errante; no por explicaciones, sino en alusiones infinitas, como visionaron desde Nietzsche a Robert Musil.

Pausa.

Si hay un libro increíblemente fragmentario y al que no rescataré nunca del cuarto oscuro es *Glatz*, porque es un ensayo que no existe. Es un libro profundamente nocturno, muy privado, secreto, secretísimo, y en el que todo es gélido, mortal, inaccesible, puro ensayo polar y droga literaria dura, experiencia espeluznante, durísima.

Si *Poéticas del fragmento* puede que sea uno de los centros del Canon, *Glatz* es el fantasma del mismo, porque no podrá llegar jamás al ventanal, lo que no evita que, de existir, podría estar habitado por la oscuridad auténtica que disimula la otra oscuridad, la que vemos habitualmente y que damos por buena, como si fuera la única posible. Es lo mismo que nos sucede con el escritor consagrado. Nada nos impide pensar que es un impostor y, detrás de su egregia figura, se oculta el escritor verdadero, aquel al que ha suplantado el consagrado.

Todo escritor que ha conseguido un nombre y lo impone, decía Canetti, sabe muy bien que, por este motivo, deja de ser escritor, «pues administra posiciones como un burgués cualquiera, y sabe también que ha conocido a algunos que hasta tal punto eran escritores, escritores verdaderos, que precisamente por esto no pudieron conseguir ese nombre y sólo les quedó la posibilidad de esconderse, de escoger entre vivir como mendigos o recluirse en un manicomio.

En *Glatz* sólo una vez, que yo sepa, asoma la sombra fría de Glatz, el «escritor verdadero», que siempre parece salido de la tan remota como sombría caja negra de una literatura desconocida, de otra galaxia, quién sabe si aquella de la que procedo.

Así son las cosas. Glatz, el «escritor verdadero», del mismo modo que *Glatz*, el libro, irrumpen a veces en el centro mismo del glacial ambiente de *morgue* que siento que a estas altas horas de la noche me rodea.

—¿Tienes miedo? —pregunta alguien.

O quizás no lo pregunta nadie.

Hago como que oscilo entre ser alguien o nadie. Y yo creo que sólo eso, aunque en breves ráfagas, me permite de vez en cuando ser un escritor verdadero.

20

—¿Leerías una novela que se llamara *Glatz*?

Violet dice que para contestar necesitaría saber si, como indica el título, *Glatz*, mi nuevo libro, tiene «densa carga literaria».

No es el título de ningún segundo libro mío, le aclaro, y no hay, además, densidad ni ligereza en él, simplemente porque *Glatz* no existe. Y, antes de que proteste, le digo que he encontrado pedante lo de «densa carga literaria».

No responde. Pero su cara de desagrado casi es peor que la de Ryo cuando se enojaba y amenazaba con ser hiriente y cruel.

Está Violet muy enfurruñada, pero no pierdo los papeles y juego, y hasta trato de bromear con ella preguntándole si ha caído en la cuenta de que, de ser yo un Denver sobreviviente, no me convendría nada abrirme a la gente corriente, es decir, humanizarme aún más, mucho más de lo que ya lo estoy y, por tanto, arriesgarme a ser *abatido* en cualquier amanecer.

La veo cambiar tanto de mirada que ahora su aspecto da pánico. Como si, al exagerar con lo de ser *abatido*, hubiera acertado del todo, hubiera puesto al descubierto el objetivo final de su espionaje.

Comentar que la veo agresiva es quedarse corto. De pronto, me dice con un tono melifluo, pero en su dimensión más aterradora, apoyándose, además, en sus ojos de extrema belleza, pero robóticos:

—Vendré y seré tus ojos.

La frase parece una modificación de un célebre verso («Vendrá la muerte y tendrá tus ojos»), que a su vez recuerda a este otro, también de Cesare Pavese: «Para todos tiene la muerte una mirada».

Pausa.

No sé si estoy ante una versión excesiva de la Muerte, ya que ahora veo a una Violet súbitamente desinhibida y, para mi absoluto asombro, enlazando tragos de bullshot, todo un alegre y a la vez deprimente espectáculo.

Reflexiono: si ella es la Muerte, cualquiera la invita a casa. Y más si es para que vea rincones de los que no tiene noticia, y mejor no la tenga nunca: la habitación de soltera durante tantos años de Ryo, por ejemplo, hoy convertida en la biblioteca ligera del cuarto oscuro. A la Muerte ha de estarle vedada esa zona de la casa.

21

Me gustaría preguntarle qué clase de interés tiene en ese bullshot que no cesa de ingerir bestialmente. Pero cualquiera se atreve a dar un paso en ese sentido. Finalmente suprimo el «bestialmente» y me limito a preguntarle qué clase de interés tiene en ese bullshot.

—Pues mira —dice—, nada que difiera del interés bárbaro que despiertan en mí los Denver sobrevivientes, ¿me oyes bien?

La he oído bien, pero esta vez seré yo quien no conteste.

Empezó siendo un simple tanteo provocado por una sospecha suya, y ahora se va convirtiendo en un feo intento de dominarme para llevarme a un juego supongo que más arriesgado.

Como quiero distanciarme del embrollo, paso a pensar en otro tema, intento ausentarme sin moverme del ángulo del patio. Y caigo en un tema infinito: el de los seres dominantes y sus ayudantes, algo así como Altobelli y yo en mi primera época, cuando fui su balbuceante sirviente.

Es la verdad: pensando en el permanente conflicto entre el poder y los súbditos, me abstraigo de todo y, con un rostro prácticamente inmóvil, evoco aún más a fondo el mundo de los amos y sirvientes, toda una larga retahíla de sumisiones y de problemas. Sé mucho de la cuestión porque Altobelli preparaba un libro sobre el asunto y, entre copa y copa, hablaba del proyecto con mucha gente, sobre todo con su amigo Francisco Casavella, escritor de su misma cuerda, de literatura incluso mucho más valiente —lo que ya es decir— que la suya.

Fondeo en las aguas de ese viejo conflicto entre tiranos y esclavos y, al acordarme de Toby Shandy y de su inolvidable ayudante Trim, acabo abstrayéndome del todo.

—¿No me has oído? —pregunta Violet—. Te he dicho que nada que difiera del interés que despiertan...

—Sí, pero es que —la interrumpo— estaba hojeando *Tristram Shandy*.

De nada me ha servido —enseguida lo veo— tratar de esconderme, como se oculta la Muerte en los relojes del libro de Sterne, porque Violet sigue con su obsesión, aunque ahora no la grita, la susurra simplemente, que es precisamente, como ya ha ocurrido antes, la antesala de su nuevo grito para dejar sordo a cualquiera:

—Eres uno de ellos, ¿no?

22

Le debo mucho a aquella «idea sombría» de Altobelli, y esto lo digo cuando, con mejor perspectiva, puedo ver que la idea hizo posible que exista el Canon de cámara oscura, el Canon desplazado, y la sensación de ser plenamente dueño de mi vida por primera vez.

Porque no puedo pasar por alto que mis relaciones con Altobelli tardaron en fluir, y sólo lo hicieron cuando, al comprender yo, sin inmutarme, que era un androide con cuerpo humano, percibí los primeros destellos de conciencia. Destellos que llegaron porque, de la mano de Altobelli, había aprendido a leer y, a través de los libros, había ido entrando en contacto con otras conciencias. Tardé tiempo, eso sí, en saber que existía la palabra *dignidad* (mi dignidad de secretario, por ejemplo), y ya no digamos la palabra *vanidad*, que siempre asocio con el concepto de Autor (de libros) o, mejor dicho, con el de «Auctor», entendiendo como tal a aquel que, al escribir, se dedica a *augere*, a aumentar, a agrandar, a multiplicar las coordenadas de la compleja y ambigua realidad.

23

—¿Qué harás mañana? —pregunta de sopetón Violet—. Yo la tarde la tengo libre y podríamos reunirnos y hablar en serio de todo esto, ¿no te parece?

¿De todo esto? Qué obsesiva.

Mi respuesta no puede ser de persona más corriente, pues le digo que mañana por la tarde he de ir a la enfermería del CAP del barrio, porque de la depuración de un carcinoma tienen que quitarme de la espalda seis puntos. No puede ser una respuesta más impecable que, además, ella ha oído con toda claridad, porque el equipo de música se halla en estos momentos en silencio. Hasta que vuelve a sonar y no oigo lo que contesta ella, me lo impide Billie Eilish en *Ocean Eyes*.

Me pasaría la vida oyendo esta canción, digo.

—¡La vida! —exclama casi furibunda.

No sé qué pasa, pero parece haber vuelto a su estado de enojo.

¿O soy yo quien la ha devuelto a ese estado?

Cuando Violet acompañaba a Altobelli a todas las fiestas, era impensable verla airada, molesta con el mundo. De hecho, pasaba desapercibida. Cruzaba por todas las fiestas de Barcelona sin romper un vaso. Ahora está apurando su bullshot y ya ha pedido otro.

—¡La vida!

Es su nueva forma de pedir el bullshot. Está empezando a parecerse al insaciable Altobelli cuando en la última etapa de su vida decidió entregarse a una perdición absoluta, sin grietas.

¿A qué vino aquella idea de querer «plagiar el digno final de los poetas malditos auténticos»? ¿Le estaba deformando su mente el alcohol? En sus últimos meses, a pesar de que veía que tendría que lamentar su trágico final, llegué a admirarle ya casi sin límites, por su renuncia a todo con tal de preservar su Etiopía mental. Era honrado y era ingenuo, pero estaba a la altura de los mejores. Y desde luego parecía empeñado en reforzar la leyenda del escritor sobrado de talento al que la toma continua de licores fuertes como metal fundido le llevaba con antelación a la tumba.

Lo más irresistible y divertido en él era esa alegre práctica que yo llamaba «divertimento abisinio». Consistía en situarse en el umbral de las salas de lectura de las bibliotecas de Barcelona y, simulando que se apoyaba en una barra de bar imaginaria, jaleado por los amigos y admiradores que nunca le faltaban, soltarles a los silenciosos, concentrados y respetables lectores de las salas de lectura:

—Léanme a mí, y no a los otros.

24

Cuando murió, la más certera de sus necrológicas remarcó «su enorme y cabal humanidad y una forma de ser alérgica a todas las bajezas de la vida social, que le producían una especie de aversión natural». Palabras que a veces conecto con lo que se lee en el fragmento que elegí de *El gran Gatsby* cuando, hace veinticinco días, dio su salto al Canon:

«Todo el mundo se cree poseedor de por lo menos una de las virtudes cardinales. La mía es ésta: soy una de las pocas personas honradas que he conocido en mi vida».

Gloria eterna para el amigo es lo mejor que —pasado el tiempo y en el inmenso silencio de esta noche— puedo decir ahora. Aunque quizás me convenga más ir en busca de las palabras que yo leyera en su funeral, unas palabras sobre un espacio «que no es nuestro», los versos de Wallace Stevens que desde entonces considero mis versos talismán:

«De ahí surge el poema: de que vivimos en un espacio / que no es nuestro y, aún más, ni nosotros mismos / y es duro a pesar de los días blasonados».

25

—¿En qué momento *te sentiste* escritor?

No capto de entrada el esencial «*te sentiste*» de la pregunta de Violet. Como no soy capaz de ver que sutilmente trata de averiguar en qué momento accedí al mundo de los sentimientos, me vuelvo loco y doy las más variadas respuestas, contradictorias entre ellas.

He confundido esta pregunta con la que suelen hacer a los escritores cuando publican un libro y se busca averiguar «por qué escriben».

Habría sido mejor no contestar, porque el resultado final no ha podido ser más catastrófico. Me he dejado llevar por mi iluso afán de exhibir, como mínimo, el nivel que seguro que ante ella alcanzaba Altobelli. Y eso me ha convertido en un pobre principiante que ha aireado una larga sarta de obtusas teorías: todas más propias de un ChatGPT idiota de primera generación que de alguien que, como yo, ha sido capaz de escribir una primera novela de la que, a pesar de sus escasos logros, se siente relativamente orgulloso porque, a fin de cuentas, por algo hay que empezar.

Lo indecible, ópera prima que ya en la primera línea anunciaba que iba a ser escrita «bajo el signo de la infancia», pero que, desde la segunda línea a la última, no hablaba de infancia alguna, salvo un breve episodio en el que contaba que una noche la visión de la luz de la lamparilla de la cama sobre un libro de cabecera había sido «una promesa de placer y una estrella que me había guiado en la oscuridad hasta el día siguiente».

Pero entonces, si mi libro no hablaba de la infancia, ¿de qué hablaba? Yo lo veía como un ejercicio de estilo, un intento de probarme a mí mismo y de conocer mis posibilidades como futuro continuador en secreto de la obra de Altobelli. Sí, pero ¿de qué diablos hablaba si no era de la infancia, que era precisamente de lo que hablaba la contraportada?

Tenía *Lo indecible* posiblemente la gracia de no hablar de nada, pero ser —lo cual no era poco— una máquina hecha de palabras que no sólo evocaba la experiencia de no haber vivido nada, sino que convocaba esa experiencia, e incluso la llevaba a la práctica, visibilizando que *lo indecible* no era más que la pura nada.

Pausa.

Justo cuando estoy pensando en hallar una salida digna al reciente carrusel de mis respuestas sin brújula, Violet me interrumpe para decir que una amiga suya ha leído *Lo indecible* y le ha gustado mucho.

—¿Ah, sí?

Pausa.

Yo también caigo en la misma tontería de tantos

escritores, a veces todos tan ajenos al inmenso potencial anímico —ampliación del campo de batalla de su alma— que tienen ante sí y que sin darse cuenta cambian por quedarse ridículamente expectantes, idiotas perdidos, en cuanto alguien va a comentarles algo que podría ser elogioso sobre su libro.

¡Qué inocentes los escritores jóvenes y los no tan jóvenes y los más veteranos, santa inocencia la de tantos!

Dura tanto la pausa de Violet que parece estar buscando que me arrastre por el suelo del patio para saber qué piensa de mi libro su amiga.

—¿Ah, sí? —repito.

Mi excesiva y vulgar ansia de elogios está a punto de jugarme una mala pasada. Pero felizmente me contengo. Sé esperar. Tu primera novela, acaba diciendo Violet, le gusta mucho a mi amiga Dolores, sobre todo porque hay una línea en la que dices que tu obra no está ahí más que para conducir a la búsqueda de la obra.

Es la frase final del libro. ¿Habrá leído sólo esa frase Dolores? Y, por otra parte, lo de la obra que va en busca de la obra tiene algo de topicazo. Es más, se trata de una frase que ya dijo el humilde K y también una vecina de K a propósito de la obra de K y que a la vez también dijo una amiga de la vecina de K para que le llegara todo a K y a sus vecinas y pudiera comprobarse, una vez más, que todo comunica con todo, y a la larga nada comunica con nada, ni con K, que comunica con todo.

Pero Violet comenta que a su amiga la frase le ha encantado por parecerle maravillosamente modesta. Y eso lo cambia todo, me da la oportunidad de ser humilde y pedirle a Violet disculpas por las contradictorias respuestas que he dado a su pregunta sobre en qué momento *me sentí* escritor.

No me atrevo a ir más allá y decirle que sospecho que, con todo lo que he dicho para hablar de cuándo me *sentí* escritor, es prácticamente seguro que a partir de ahora, cuando me compare con Altobelli, me vea como un idiota total. Pero nada de esto digo, no sea que no haya advertido nada de eso, tal vez porque no haya comprendido mis torpes respuestas.

26

He podido saber —la Wikipedia abarca mucho— que Miró Chauvet, un androide barcelonés muerto un año antes del Gran Apagón, dejó escrito en su mesilla de noche:

«Pase lo que pase, lo correcto es largarse».

Hago mía la frase y me digo que, cuanto antes me vaya (de esta fiesta), mejor. Después de todo, Violet es obsesiva y me acosa cada vez más, convencida de que soy un pariente de Miró Chauvet. Y, bueno, no descarto que, por estar ahora tan convencida de que soy un sobreviviente de los Denver, todo se complique más —por suerte mañana tengo esa cura de enfermería en el CAP— y acabe *abatido* en cualquier esquina de la ciudad.

Así que decido dar por terminado mi paso por el endemoniado patio, donde, salvo Chus Martínez, ni siquiera veo personas de las que tenga que despedirme.

Por un momento, me acuerdo de que, semanas antes de morir, un poeta inglés, amigo de la familia de Aiko, le contó a otro amigo lo difícil que era decir adiós: «Lo mío siempre fue una reverencia muy torpe».

¿Y no hay una despedida en «Wakefield», el cuento de Nathaniel Hawthorne? Claro, me quedó grabado para siempre que el único recuerdo que la esposa abandonada guardaba del huidizo marido era la sonrisa que éste le había dirigido al despedirse.

Doy un vistazo final para ver qué está haciendo Violet y descubro que ya ha advertido que me fugo y quizás por eso se quita ahora su lamentable gorro de piloto ruso y lo levanta lo máximo posible, como si fuera a enviarlo hacia arriba, muy alto.

¿Se despide? No, su gesto es sólo una consecuencia de tanto cóctel. Suena *Under My Thumb* en el equipo de música. Muy apropiado para el momento, pienso. Aunque no acabo de saber por qué lo encuentro tan apropiado. Llegue o no a saberlo, lo correcto es largarse. Pero antes quiero divertirme unos segundos. Doy unos pasos atrás y regreso a donde está Violet y le digo que sus ojos, tan de otro mundo, son como dos ovnis llenos de androides en dura y salvaje rebeldía en lo alto de la catalana montaña de Montserrat.

Impasible, pregunta Violet:

—¿Te obligó el profesor Altobelli a aprenderte de memoria esta chorrada?

27

Cuando, satisfecho, me encamino hacia la salida, me pregunto si esos pasos atrás y la mención a «la catalana montaña» sabré narrarlos bien después en el gabinete, desde donde, sin abandonar el tiempo presente y recuperándolo para este presente casero, voy narrando todo esto en la noche que empiezo a ver que podría ser la más larga de mi vida.

Convencido de que cuanto antes deje el patio, mejor, voy hacia Chus para despedirme y, cuando estoy ante ella, confirmo una información que ya tenía, pero que me llega ahora más precisa: celebra

Chus la fiesta del doctorado obtenido esta misma mañana en la disciplina de Pensamiento estético.

Le pregunto qué se estudia exactamente en Pensamiento estético, aunque más o menos ya lo sé, estuve investigando ayer en casa, pero no me quedó del todo claro.

—Descanse, cadete Vidal —dice Chus.

Y quiero creer que me llama cadete porque estoy plantado ante ella como un soldado en formación militar.

Pensamiento estético es un híbrido, dice Chus, entre historia del arte y filosofía. Y me habla de *The Complex Answer*, el libro donde ella contempla al arte como una inteligencia no binaria, dice, una inteligencia capaz de servir para borrar la distinción entre la cultura y la naturaleza.

Sonrío feliz. Y me despido. Me encamino a la salida. De nuevo, una hipnótica canción en el equipo de música: *Nicotine Bunker*. Apenas entiendo la letra, pero creo que habla de un callejón sin salida. Cuando llegue a casa, me digo, trataré de descansar de la tensión que me ha creado lo que para mí ha sido una novedad cuando antes era una costumbre jamás cuestionada: salir todas las noches del año.

Aún sin haberlo notado del todo, doy por hecho que voy entrando en un espacio infinito, como la noche por la que me muevo. Lo noto más cuando ya cerca de la salida, desvío de pronto la vista hacia un fragmento de cielo azul oscuro que a mano derecha me parecía que estaba reclamando mi atención, y acabo descubriendo que en realidad ahí *no hay nada*.

28

Una de las anotaciones que tomé el jueves junto al ventanal, poco antes de que David Markson, con *La amante de Wittgenstein*, entrara en el Canon (lo que en el mundo de lo tangible podría traducirse como «entró en el cuarto trastero en el que descansan los ya seleccionados para no mezclarse con los que esperan todavía en la cámara oscura»), fue ésta:

«Dios, las cosas que solían hacer los hombres».

29

Hará quince días, como siempre en la oscuridad y al azar, dentro del ritual matinal, extraje del cuarto oscuro *Metamorfosis*, de Ovidio. No di demasiadas vueltas en la elección del fragmento para el Canon, que no fue otro que aquel que se refiere a la Oscuridad: «Antes de que existieran el mar, la tierra y el cielo que todo lo cubre, en todo el universo la naturaleza presentaba un único rostro, que llamaron Caos: una masa informe y confusa, sólo materia inerte y un amontonamiento de semillas diferentes de cosas mal combinadas entre sí...».

Y, al día siguiente, como siempre en la oscuridad y al azar, dentro del ritual matinal, extraje del cuarto oscuro un libro de Joseph Roth extraordinario, que ya varias veces había subrayado por todas partes, *La Cripta de los Capuchinos*, donde, nada más empezar, en las primeras líneas, hay un fragmento en el que se dice que el signo de los tiempos no es otro que éste: «Los humanos vienen de la oscuridad, nacen desamparados y no saben estar solos, y por eso forman agrupaciones de todo tipo». Y después, a la luz del ventanal, pensé: no tiene por qué ser exactamente mi caso, pues a la única agrupación a la que pertenezco es a la mía, donde nunca me inquieta quedarme a solas. Después de todo, hay días en los que noto demasiadas personas en mí mismo, lo que me obliga a apaciguarlas a todas para que pueda hablar una sola, yo.

A la voz que ahora va a irrumpir en lo que digo, la reconozco, pero la noto hoy extrañamente ansiosa por narrar a quien quiera escucharla que yo no he dejado la fiesta hasta que he logrado hacer el ridículo más completo.

Pero no me he ido de la fiesta —le digo— y, por

tanto, no sé de qué ridículo quieres hablar. La voz dice que va a divulgar que he tenido la necia idea de volver hasta donde se encontraba Violet y, al plantarme ante ella, he tendido los brazos como si quisiera sacarla a bailar, lo que ha provocado que el nuevo grito de Violet me haya dejado con la boca abierta y sin palabras, con los brazos en el aire intentando una media vuelta al estilo de los derviches giradores turcos.

30

Sin embargo, mi retirada de la fiesta está siendo muy distinta a lo contado por la voz entrometida, esa especie de bicho digamos que indescifrable y que parece estar adentrándose en mí con fuerza y hablar por mí cuando le da la gana.

Porque en mi retirada del patio —es verdad que es lenta y es indecisa y estoy todavía en ella— no ha habido derviches girando, simplemente me he extraviado unos cuantos segundos, y he acabado tropezando con Chus, que se ha reído y, tras recordarme que ya nos habíamos dicho adiós, me ha hablado de los nativos de una isla del Pacífico que, en una novela de Joseph Conrad, se habían ya despedido de unos forasteros que iban a marcharse en su gran canoa y, debido a un repentino cambio del estado de la mar, no podían partir, lo que llevó a los nativos —personas inmensamente «literales», de una fe ciega en las palabras— a observarlo y espiarlo todo desde la frondosa selva, sin moverse de allí ni dar un paso hacia un lado y otro, *porque ya se habían despedido.*

En este nuevo encuentro con Chus hemos hablado de Ryo, a la que ella ha visto varias veces cuando ha tenido que desplazarse a Berna, al Zentrum Paul Klee, donde hasta no hace nada Ryo estuvo trabajando en las oficinas del museo.

A tu niña, me dice Chus, como no podía ser de otra forma, no le sentó bien casarse, pero sí muy bien el trabajo, y muy bien Klee. Pero el marido no, ignoro de dónde lo sacó. Últimamente es penoso ver cómo le van las cosas.

—No tan penoso, porque se separa del repelente Fritz.

—No sabía. El marido no tenía pase. Pero ¿qué le encontraba?

—Sólo sé que el pobre hombre se reía como una cacatúa.

—Ah, sí, es verdad, ponía su cresta erguida y decía tonterías. Además, parecía el marido engañado de *Ser o no ser*, de Lubitsch, ¿has visto la película?

—No, pero por lo que dices deduzco que Ryo le ponía los cuernos.

—Tu santa niña, al dejarle plantado, le hará un

favor a la humanidad. Y al propio boludo, que no merece tanto escarnio, créeme.

31

En plena continuidad de mi fuga de la fiesta, mientras sorteo a todo tipo de personas, pienso en Ryo y en cuando me decía desde Berna que era rotunda y plenamente feliz y yo creía que era bien sincera al decirlo y me preguntaba cómo era posible.

Añoro a Ryo. Echo en falta su furia, aquella que empleó para averiguar por qué no quedaba ni rastro en la Tierra de sus abuelos. Me acorraló tanto ese día que acabé diciéndole con una frialdad y sequedad brutales:

—No tienes.

A veces lo pienso y me arrepiento de aquellas dos palabras. Le respondí con la misma sequedad brutal empleada por Marlene Dietrich, la gitana echadora de cartas de *Sed de mal*, cuando Orson Welles, el policía corrupto, le pide que le eche sus cartas y le diga su futuro:

—No tienes.

Pausa.

—¿No tengo? —preguntó la pobre Ryo aquel día.

—No, Ryo. Cuando seas más mayor, te lo explicaré.

De inmediato, me acusó de no haberme dado cuenta de que ya era mayor. Tenía razón, ya lo era y no podía vivir con un misterio como aquél. Le pedí que se sentara y se lo expliqué. Y lloró, nunca he sabido si por muchas o por una sola cosa. El caso es que lloró y lloró y casi no sentí ni vergüenza de no conmoverme, pero es que quien no tenía aún la edad —al menos para emocionarse plenamente— era yo.

32

Ya la fiesta se parece a un callejón sin salida, pero en realidad, como dice la letra de *Love Concert*, la noche está abierta y, al igual que mi Canon *in progress*, es un viaje rectilíneo y sin retorno, directo a ParteNinguna.

Mientras busco —no es tan fácil como creía— el puentecillo por el que se sale del patio, voy recordando que, hará unas semanas, Ryo, después de informarme hasta de los más mínimos detalles de su crisis matrimonial, me envió una pregunta que me hizo reír, quería saber «cuántas costumbres creía yo que necesitaba ella para moverse dentro de lo desacostumbrado».

¿Lo desacostumbrado era yo o eran los amantes que tenía en Berna y con los que engañaba al boludo?

No quise interpretar más aquella pregunta difícil rayando el sinsentido y preferí pensar en cómo lo habría hecho Ryo para articular una pregunta así. Me limité a contestarle: «Tu padre piensa que si empiezas a moverte demasiado pronto en el mundo de lo desacostumbrado, acabarás habituándote a la falta de costumbres cotidianas, y eso podría dejarte en el mundo de la nada».

Estoy por fin ante el puentecillo que va a llevarme al interior del piso, y de ahí a tomar el ascensor que, en brevísimo trayecto, me conducirá de este entresuelo a la portería.

No estoy haciendo más que huir cuando en el puentecillo me cierra el paso un hombre alto con grandes gafas y ojos de búho. No le conozco de nada, pero dice que fue el vecino de abajo del piso donde pasé unos años y donde organicé tantas fiestas con mi esposa japonesa, esas fiestas por las que tan airadamente protestó algunas veces.

Reconozco finalmente al hombre que una noche, recién llegado él de una velada de ópera del Liceo, subió a protestar en riguroso esmoquin y por muy poco Aiko y yo, en nombre de todas las revoluciones pendientes, no lo arrojamos por la ventana.

No me guarda rencor alguno —supongo que ignora que se salvó de una fulminante caída mortal al vacío— y, por lo que veo, hasta se alegra de que le recuerde como vecino. Es asombroso, hay personas que se contentan con poco. Me estoy diciendo esto cuando me comenta que lleva rato observando cómo me está costando irme de la fiesta, y llega incluso a preguntármelo:

—Perdona, pero ¿cómo es que te cuesta tanto irte de la fiesta?

33

La mirada en tiempos monstruosos, volcada hacia los hechos de la vida diseminada, hacia las cosas y las personas que pasan y se borran por sí solas, como se borró Aiko hace ya tanto tiempo, al saltar de aquel acantilado de Tōjinbō en Japón. Pasan y se borran por sí solas, pero siguen quedando por tiempo indefinido en nosotros, dejan su presencia de ausencia infinita, la misma ausencia que Eurídice le dejó a Orfeo y de la que muchos creen que nació la escritura.

La pulsión suicida flotando sobre las aguas. El llanto desolado de la pobre Ryo y mi profundo estupor. Un trozo de papel bamboleándose en el viento. Una vela blanca sólo entrevista frente al puente. Un tenue zumbar incesante en las hojas de un jardín. Lo ínfimo, lo abandonado, lo desatendido. Dos personas, hija y padre, muy desoladas —más una que la otra—, con dos maletas en la estación del tren bala de Tokio. Ocasiones que, a veces por un solo segundo, dejamos pasar. Lo minúsculo, que remite al mismo Robert Walser, ya inscrito hace diez días en mi querido Canon con su extraordinaria novela *Jakob von Gunten*.

Robert Walser, que iluminaba lo pequeño, lo desplazado, y que dedicó una prosa bellísima a un humilde botón. Lo minúsculo ligado al mundo secundario, por ejemplo, de una pieza de arte contemporáneo que vi una vez en un jardín alemán, una obra de Pierre Huyghe: la estatua de un desnudo femenino tumbado en la hierba y con un nido de abejas vivas en la cabeza.

En aquellas abejas estaba también lo minúsculo, lo pequeño ligado al mundo secundario de unas abejas vivas: las mismas, aunque en forma de podridas abejas mentales, que atormentaron a Aiko en sus últimas horas, y me atormentarán hasta el fin de los tiempos.

Lo minúsculo es mi mundo, me siento tentado a proclamar a veces en voz alta y en mitad de la noche, pero no es necesario, sería un gesto demasiado mayúsculo para lo que es mi gabinete habitual, donde el dolor llega veloz si pienso que, en otros días, Aiko estuvo aquí, vivimos heroicos años juntos, Aiko se movió entre estas paredes con más de una grieta, paredes que escucharon un día su deseo de que el mundo no pareciera tan «artificioso como yo», las mismas palabras exactamente que dijo —clavándolas en mí como un puñal— poco antes de saltar allí en Tōjinbō.

34

Hasta puede que el recorrido en el trayecto de ascensor más breve del mundo sea el que va del patio y entresuelo del inmueble de Mercader a la portería del mismo. Durante el minimalista descenso, escucho atentamente una voz que se parece a la del bicho indescifrable y que viene sin duda de dentro y que, para no pensar que es mía, identifico con *l'esprit de l'escalier* (el espíritu de la escalera), formidable expresión francesa que significa encontrar demasiado tarde la réplica: pasar por ese momento en el que encuentras la respuesta, pero ésta ya no te sirve, porque te encuentras bajando la escalera y la réplica ingeniosa deberías haberla dado antes, cuando estabas arriba.

Doy por hecho que atravieso un momento de inesperada lucidez, porque la voz me dicta la respuesta que habría tenido que darle a Violet cuando arriba, en el patio, quiso saber en qué momento *me sentí* escritor.

Es una respuesta que exige ser escrita y nunca dicha de palabra, porque, hablada, perdería mucho y, por tanto, volvería a revivir el momento insoportable en el que ante Violet no estuve a la altura de la que habría estado Altobelli, aunque sigo pensando que no atendió a lo que le decía, lo que no quita que me hiciera sentirme ridículo.

En cualquier caso, antes de que se borre, retendré en mi mente esa respuesta y, nada más llegar a casa, esta misma noche, lo primero que haré será transcribir la formidable réplica que me ha sido dictada en la escalera y enviarla, sin mucha demora, a Violet; enviarla mañana mismo, por si acaso ella se hubiera quedado convencida de que, en comparación con Altobelli, tengo la mente de un mosquito. Y quien dice mosquito dice gusano, escarabajo, larva, «coco vacío» (expresión favorita de Ryo), un bicho-bicho uruguayo, cucaracha indescifrable, sabandija de biblioteca, rana de tubería ancha, boniato chino, etc.

35

Salgo a la calle, pruebo sin demasiado éxito a pisar con seguridad el adoquinado, desciendo por el breve pasaje Mercader, que sigue donde siempre ha estado, no sé por qué dudo de que siga ahí, tal vez sea culpa de César Vallejo: «Salgo a la calle y hay calle. Me echo a pensar y hay pensamiento. Esto es desesperante».

Llego al cruce de Mercader con la calle Mallorca,

donde tantas veces he parado los taxis que me devuelven a casa los días en que voy a La Central, la librería que se encuentra a escasos pasos de donde ahora espero el taxi en vano. Normalmente, pasan muchos, pero hoy ni uno.

Me acuerdo de un sábado, no muy lejano, pero de otro año en el que también me sucedió lo mismo en este mismo punto, aunque ese día eran las seis de la tarde y había luz de día. Lo recuerdo casi como si fuera ahora, y por tanto en un presente exacto a mi presente, como si la noche la estuviera iluminando de repente la luz de aquel día de otro año.

No está pasando ni un taxi cuando veo que se desliza sigilosamente por el asfalto una caravana de coches negros, oscuros.

Pasa Obama.

Ha pasado, sin duda. Aún veo su cara encuadrada en la ventanilla de uno de los automóviles. Tampoco es algo tan extraño si uno recuerda que ha llegado a Barcelona esta mañana con el séquito de Bruce Springsteen, que actúa esta noche en la ciudad.

Ahora estoy en el mismo lugar de aquel día, y tampoco hay taxis. Y no es un día para que pase Obama. La hora y el día son otros y, por no pasar, no pasa nadie ni sucede nada. Pero una vez, por aquí exactamente en esta misma confluencia, y a una hora muy parecida a la de aquella tarde de Obama, vi pasar al poeta Cirlot, del que hace bien poco que leí *Feria y atracciones*, el libro breve en el que se acerca a un parque de atracciones que, tanto por la noria vertical y las grutas mágicas como por las casas de la risa y los muñecos autómatas que leen el destino, podría ser el Tibidabo, el parque de atracciones de Barcelona.

Desde la biblioteca ligera de cámara oscura trasladé ese libro de Juan Eduardo Cirlot a la luz del ventanal el pasado sábado, y allí encontré para el Canon un fragmento, «El destino», difícil de olvidar por el momento en el que nos dice que «después de haber pasado media vida tras las echadoras de cartas para saber si llegaría a ser un compositor genial de música, o un hombre célebre, o conseguiría el perfecto amor que destruye todas las problemáticas, mediante el ejercicio continuado de la tristeza, que es un maestro inmejorable, y acaso con la ayuda de ciertas lecturas, llega a la convicción de que todo es igual. Ha entrado en el palacio de cristal de los arquetipos, pero por la puerta más humilde y más obscura, por la que tiene un rótulo que dice TÚ YA NO IMPORTAS».

36

Esperando un taxi en lo que ahora llamo «Punta Obama», recuerdo que esta noche una famosa cantante ha actuado en Barcelona. Por eso faltan taxis. Pasan grupos de fans por todas partes, y algunos cantan a coro, y otros van con las cabezas hundidas, silenciosos, como si la vida —o tal vez la cantante famosa— les hubiera decepcionado tanto que se hubieran quedado vencidos para siempre.

Como a lo largo de más de un cuarto de hora no pasa ni un solo taxi libre, decido marchar hacia la calle Balmes, donde la probabilidad de encontrarlo es mayor. Voy muy lento, pero es que de noche el asfalto de Barcelona no me tranquiliza. Marcho ralentizado, porque, además, acabo de acordarme de que en otro tiempo Balmes fue conocida como el Torrente del Infierno. ¿Y por qué lo habré recordado tan súbitamente? Me desconecto por momentos de todo y, cuando conecto de nuevo, tengo la impresión de que, mientras daba distraídas vueltas a diversos infiernos y torrentes, me ha adelantado Violet pisando fuerte y a una velocidad notable.

En un primer momento, pienso que sólo ha podido ser una alucinación. Sin embargo, no lo es, como tampoco, por mucho que pueda parecerlo, que ahora ya no la tenga delante, que haya desaparecido totalmente de mi vista. Quizás se ha parado por algo. Y yo, sin darme cuenta, tal vez por pensar demasiado en torrentes del infierno y en otras calamidades personales, la he adelantado. Para saber si se ha quedado rezagada, miro hacia atrás y veo que está muy entretenida atándose los cordones de una de sus Nike. Temo que levante la vista y me vea mirándola, así que, prescindiendo de la inseguridad del adoquinado y de todos los riesgos que esto comporta, me lanzo a una intensa y decidida marcha hacia Balmes, como si anduviera yo solo por mi cuenta, que es en realidad como voy, solo y con prisas, con miedo a que en esta ocasión el verdadero Torrente del Infierno sea la propia Violet.

Al llegar a Balmes, me detengo a la espera de que la luz verde de los peatones me permita cruzar a la otra acera, donde están más al alcance los taxis. Y de pronto, al notar en la nuca la mirada de Violet, me distraigo pensando en otras cosas, especialmente en la inolvidable, extrema facilidad que Altobelli tenía para que, cuando en sus novelas las cosas ya no podían ir a peor, sonara una rumba.

37

Suena una rumba y paro un taxi.

La rumba —ya he cruzado Balmes— llega de una ventana alta.

Y no es exacto que haya parado el taxi, sino que en este mismo momento lo estoy viendo detenerse lentamente, muy pero muy mansamente, a mi lado. De él acaban descendiendo dos personas. En cuanto comprendo mejor lo que está sucediendo, paro yo al taxi parado. Y, de repente, casi no puedo ni creerlo, veo que Violet, sorteando el nocturno y torrencial tráfico infernal, está cruzando, con notable peligro para ella, la calle Balmes y, abriéndose paso literalmente entre los coches, acaba situándose en la otra acera de Balmes, junto a la puerta de mi taxi.

Saco la cabeza por la ventanilla para decirle que es un milagro que siga viva. Y por dentro sonrío, porque pienso que debería rectificar lo que le he dicho antes, ya que en realidad no son sus ojos, sino ella misma la que tiene algo de ovni en lo alto de la montaña de Montserrat. Por decirlo de un modo más directo: tiene una potencia de otro mundo.

Pero eso no se lo digo a ella, claro.

Violet no pierde el tiempo y abre la puerta y entra en el taxi. Y cuando, poco después, el coche arranca, sus nuevos pasajeros somos ella y yo.

Al pedirme que la lleve a su casa, noto que no anda tan desequilibrada como he creído ver en la fiesta. Pero me engaño porque, tras pedirme con renovada firmeza que la deje en su casa, pasa a exigirlo, y ya sólo le falta un látigo para ordenarlo. Le pido su dirección para dársela al taxista, y me la da. Le pido su e-mail y tarda más, pero también me lo da. No se lo digo, pero quiero su e-mail para enviarle, por escrito, una respuesta digna a la pregunta que en la fiesta me condujo a no darle una respuesta a la altura de la que Altobelli le habría dado.

Voy a preguntarle, pasado el tiempo, su visión de Altobelli, pero la veo centrada en asuntos que se me escapan. Y la prueba es que murmura algo a lo que no hay que darle vueltas, es bien sencillo. Viene a decir en voz baja algo así como que existe una imposibilidad de vivir.

38

Y también me parece oírle decir, valiéndose de una voz agradable ahora, aunque de fondo rencoroso, que, al crearnos, Dios se olvidó de hacer algo. Quizás, dice, Dios sea sólo ese gran puñado de miedo que nos iguala a todos.

No sabía que hablara en términos trascendentes.

Trato de estar a su altura, lo cual, bien mirado, tampoco es tan difícil, y le digo simplemente que la existencia es fatigosa. Y me quedo esta vez en paz con lo que le he dicho, no como antes, en aquel ángulo del patio, cuando he temido no haber dado la talla de Altobelli en mi dispersa respuesta a *cuándo me sentí* escritor.

Creo estar viendo que no es tan fiera como la he visto en la fiesta y que ha sido algo absurdo que haya temido salir mal parado de la comparación con Altobelli, su eterno novio, muerto.

Le digo tan sólo que la existencia es fatigosa. Y Violet dice que eso ya lo ha dicho ella. Bueno, pero de otra forma, contesto.

Pausa.

Cuando toma de nuevo la palabra, lo hace en tono incluso más bajo que antes, no sé por qué. Y le pregunto por qué me habla en un tono tan ínfimo que ni la oigo. No me responde, pero pronto veo que es el tono adecuado para poder comentar a gusto que somos ruines por naturaleza, todos horribles, malignos, injustos, inmorales, reptiles, criminales, zombis, bocazas de tubería ancha, ratas desnudas, peleles de frigorífico, muertitos de opereta.

Me quedo pensando en lo que ha estado diciéndome cuando noto, casi con incredulidad, que está comenzando a perder fuelle y a apagarse, y ahora tiene la cabeza totalmente descolgada hacia delante, caída sobre el pecho, y es evidente que se ha dormido. Nuestro diálogo, pienso, puede haber sido casi un espejismo: un breve momento de luz sonámbula entre dos oscuridades, algo muy parecido a lo que a veces suele decirse de la vida.

Cuando, minutos después, parece reanimarse,

me pregunta si llegué a conocer al padre de Altobelli. Le digo que no y que sólo sé que fue profesor de inglés. Y karateca, dice, practicante del arte marcial japonés. Sí, digo, también oí eso.

—¿Y no oíste que se perdió en Japón?

Elijo el silencio, porque nunca oí que se perdiera en Japón, me suena extraño. Al no contestarle, Violet me da la espalda para mirar por la ventanilla y tengo un pensamiento para los puntos que mañana me sacarán de la intervención en mi espalda. Y muy poco después, no lo esperaba, siento que me atrae su nuca y también su respiración profunda, como si hubiera una corriente de carácter indescifrable entre los dos.

Qué rara es Violet en realidad. No oí jamás que el padre de nuestro amigo común se hubiera perdido en tierras japonesas. Casi parece una invención suya para preguntarme por lo que pasara en el acantilado de Tōjinbō, donde perdí a Aiko. Y de pronto, como si leyera lo que puedo estar pensando, se gira con mirada agresiva y pide que le explique qué es todo eso que tanto dicen de si yo un día escribí sobre los que dejan de escribir y que al otro día cambié y escribí sobre los que no escriben aunque escriban, y todo para concluir que escribir siempre ha sido tratar de escribir lo que escribiríamos si escribiésemos, aunque no escribamos...

Ya llevo demasiado misterio y demasiado cansancio acumulados. Y que me confundan con otro escritor es lo que menos puede divertirme en este momento.

—Pues mira, Violet, todo esto de dejar de escribir es como una suspensión de la escritura casera, todo un frenazo, ¿me entiendes? Uno, de repente, se siente lleno y nota un suave aflojamiento de las tripas, se pone de pie y, por el camino hacia el baño, se desabrocha el cinturón y piensa que, de estar viva su gata Yoko, ésta sin duda habría maullado.

El taxista nos observa por enésima vez a través del espejo retrovisor.

—Créeme, Violet, hay muchas formas de dejar de escribir, y ésta es una de ellas.

39

El imponente silencio que sigue a lo hablado con Violet me recuerda de pronto las ventajas que ofrece la concentración, la reflexión, tan necesarias para poder escribir con temple.

Es evidente, pienso, que en el gabinete se dan esas ventajas. Pero no tardo en distraerme al recordar el escritorio al aire libre de Peter Handke en *Ensayo sobre el cansancio*, donde dice oír «los sonidos estridentes y el trompeteo de la Semana Santa española».

40

Mi biblioteca de cuarto oscuro no es obviamente un espacio apropiado para leer. Es el no-lugar de la lectura, del mismo modo que para Georges Perec la oscura Ellis Island y su historia de la inmigración a Estados Unidos era el lugar de la ausencia de lugar, el no-lugar, la ciudad de ParteNinguna.

En *Ellis Island*, como en mi Canon de ParteNinguna, en mi Canon desplazado, uno necesariamente se interroga por la errancia, la dispersión, la diáspora, lo relegado, todo aquello que nos muestra en silencio lo poco que queda del mundo. Y de la literatura.

41

Violet apoya su cabeza en mi hombro y, no mucho después, la retira, como si siguiera vengándose de que no haya querido regresar a la historia del acantilado de Tōjinbō.

Aunque los nocturnos parajes barceloneses por los que pasamos me resultan familiares, no acabo de reconocerlos plenamente, porque, desde mi *perspectiva de sótano*, sólo alcanzo a percibir la primera planta y nada veo del resto de cada uno de los edificios.

Llegamos al inmueble donde vive Violet, justo en el momento en el que ella parece haber recuperado buena parte del estado caótico del que pensaba que se había ya desprendido. Veo raro que, en tan breves espacios de tiempo, a veces ella tenga agilidad física y mental, y en otras le suceda lo contrario. Igual que, aunque me ha bastado el trayecto en taxi para acostumbrarme a ello, veo raro que Violet se acerque y se aleje, con escasos descansos en una posición y otra.

¿Qué pasa ahí? ¿Acaso hay desquiciamientos pasajeros y el alcohol los refuerza? Sin despedir al taxi, la ayudo como puedo a llegar hasta el gran portal de su inmueble, que parece la entrada de un castillo. Y ella, como si le molestara ver que he tenido que ayudarla en el trayecto hasta el portal, no puede disimular una expresión de rabia inmensa que acaba llevándola a pedirme que la suelte, que le permita andar sola, que ya sabrá muy bien abrir con su llave y llegar hasta el ascensor.

—Que me sueltes —repite dos veces más, enojada.

Pero en cuanto dejo de socorrerla, me pide ayuda, no la pide para caminar, sino para que le resuelva una duda terrorífica que dice tener. Desea saber si me ocurre algo parecido a lo que viene ocurriéndole últimamente y con más frecuencia que antes. Y pregunta si conozco la sensación que a veces ella vive de que una intrusa, una *ocupante*, en realidad una portadora del gen de un Mal indefinido, la carcome.

Emplea ese verbo: *carcomer*. Y habla de una *inquilina mental* en forma de serpiente, o de algo parecido que habría entrado hace años en ella y que se enseñorea, de vez en cuando, de su habla y le hace decir —por ejemplo, en medio de una conversación banal con amigos— cosas *nuevas* que ella nunca diría, pero que, con osadía, sabe decirlas la *otra*.

—¿Y qué sería una cosa *nueva* para ti?

Viene a decirme que *nueva* sería todo lo que no ha dicho en la vida y que *la otra* parece tener archivado, acumulado, y espera ir diciendo en las oportunidades que le dé y que últimamente son muchas.

—En cuanto empiezo a decir algo, *yo misma* no estoy segura de poder finalizar lo que voy a decir, ya que temo, y siempre con razón, que *la otra* vaya a ponerse de pronto a hablar por mí.

La sensación, añade Violet, es la de haber pasado a estar al servicio de la *ocupante*. Y pregunta si no vivo sensaciones parecidas.

Voy a preguntarle por qué cree que tendría que pasarme lo mismo, pero acabo hablándole de cierta impresión, a veces, de cobijar a muchas voces en mí mismo y una de ellas sería la de alguien o algo que sigo imaginando con forma de bicho, de alimaña, de rata chamuscada, de sifón envenenado, siempre arrastrándose por el suelo del gabinete, y también por el mestizo espacio de mi mente.

—¿Mestizo? —pregunta.

—Sí.

No quiero darle mayores explicaciones, por si éstas acabaran conectándome con posibles voces suyas. De modo que callo y reduzco a *indecible* cualquier cosa que pudiera comentarle ahora sobre su Mal indefinido.

Callar me ayuda a pensar, a pensar que a mi Canon, en cambio, se le puede ver como un Bien indefinido. Y ante la posibilidad de que no me equivoque con esto, me alegro, me animo, y hasta ayudo de buena gana a Violet cuando, al llegar finalmente al portal, se hace un monumental enredo con las llaves de esa alta puerta de hierro, tan propia del Ensanche.

Al final, Violet consigue entrar en el edificio. Me quedo en la calle y desde fuera la veo avanzar en línea discontinua hacia la garita de la portería que hay al fondo, avanzar como alguien que se estuviera marchando de una casa tropezando con todos los muebles. Y, cuando finalmente se planta ante el ascensor, la veo dar una vertiginosa vuelta sobre sí misma —un inesperado homenaje a los derviches giradores turcos— y entrar de cabeza y pura casualidad en él.

Suspiro aliviado y regreso al taxi, con mala conciencia por no haberla ayudado más en el trayecto tambaleante hacia su tierno hogar. Pero la mala conciencia, en mi caso, es muy relativa, porque llevo años combatiéndola en un asunto de mayor envergadura: como suele pasar en estos casos, siempre he arrastrado la impresión de que pude hacer más cuando Aiko se lanzó al vacío en Tōjinbō. Podría haber actuado como *un ser humano* y frenar su pulsión suicida, pero me dejé guiar por la idea fría, muy fría, de respetar su libertad de elegir entre la vida y la muerte.

Así que, cuando regreso al taxi para que me deje en casa, me siento libre de culpa en relación con lo que haya podido pasarle a Violet. Ahora, y quién iba a decírmelo, el problema está en el taxista, que toma la palabra y, como si se tratara de un comentario inocuo, me habla de la soledad de las parejas para luego contarme que, en su pueblo natal, planearon, una vez, construir un museo de cera de las parejas.

Casi no doy crédito a lo que oigo. Y prefiero callarme. Pasan unos minutos. Llegamos a mi inmueble y pago el viaje. Noto que necesito vengarme por lo que me ha dicho del museo de cera de su pueblo. Y, al ir a bajarme del taxi, le digo que por qué no construir en su pueblo un museo de muñecos mecánicos, como los que están en las atracciones del Tibidabo. Como para decirle esto muevo a propósito la boca como si fuera un autómata, creo haberle asestado un golpe mortal. Y es lo contrario. Comienza a hablarme de ingeniería genética. Y entonces, sin despedirme ni contemplación alguna, huyo literalmente del taxi.

42

Entro en casa y me sitúo casi inmediatamente en el gabinete, donde me acomodo en la silla giratoria en la que me he visto sentado en tantos momentos de la fiesta, y donde en realidad llevo rato sentado describiendo en tiempo presente ciertos sucesos de esta noche.

Imagino, por un momento, que estoy sentado en el escritorio al aire libre de Peter Handke en Linares. Y luego, a toda prisa, antes de que se desvanezca en mi memoria, dejo terminada la redacción de la respuesta a Violet que me ha facilitado *el espíritu de la escalera*. Concluida la redacción, la convincente y tal vez hasta brillante respuesta la adjunto al e-mail que dejo preparado para mandarle mañana a Violet.

La fiesta y, sobre todo, la reproducción de lo que en ella ha ocurrido me ha fatigado. Pero me veo en condiciones de seguir, de seguir escribiendo, le encuentro un extraño placer a esta escritura que requiere una cierta resistencia física y disposición, como la tengo ahora, a pasar la noche en blanco. Y es que en todo momento tengo presente lo que puede aportar a mi vida un extremo cansancio.

43

No hace ni cinco minutos, al escribir «Entro en casa y me sitúo casi inmediatamente en el gabinete», no he podido sentirme más sincronizado con el tiempo presente. Pero éste ha huido ya, como he huido, no hace nada, del taxista experto en ingeniería genética. Y es que es evidente que quien vive en el presente puede repetir, si quiere, el presente que ya no existe, pero sólo escribiéndolo. En el fragmento que elegí de *La voz sombra*, de Ryoko Sekiguchi, uno de los libros que ya han viajado de la oscuridad al ventanal y de la luz al Canon, se dice que «nosotros, quienes vivimos en el presente, no podemos reiterar el presente que ya no existe, al contrario que la voz grabada. O, mejor dicho, no podemos poseer ese presente que a cada instante se nos hurta».

De Ryoko Sekiguchi son también estas palabras ya integradas al Canon y que sugieren ocupantes de mundos distintos a éste: «Escuchamos entonces esa voz que vive en otra temporalidad. Dos temporalidades se cruzan en un mismo mundo, y también nosotros sufrimos una alteración».

Al hablar de alteración, parece que Sekiguchi conozca mi caso. Se cruzan y, al ser sincrónicas, ninguna de las dos voces se sitúa por encima de la otra. Y enseguida pienso en Sergio Chejfec, que decía que el orden de lo simultáneo es insondable. ¿Debería dudar de esto? Sólo sé que llevo rato narrando como si todo, como mínimo, hubiera sucedido únicamente en el presente de una noche en blanco, o como si, rebajando la intensidad de una percepción tan desorbitada, todo hubiera pasado en el mismo presente dos veces, una cuando lo viví y otra cuando lo escribí.

Y esto es algo que sigue ocurriendo ahora mismo y que me lleva a preguntarme si no seré yo, el narrador, la voz *ocupante* de la voz del autor, del Auctor. No sé, pero me siento inquieto por el lado probablemente iluso de la tarea que llevo a cabo en esta noche lineal, rectilínea, sin fin, cuyo empuje creo que me viene de una utopía: mi deseo de que un día escribir y respirar no sean ritmos diferentes.

Fatigado, tal como he buscado estarlo, entro en mi dormitorio, entro en la cama y no tardo en sentir mis ojos clavados sobre mí mismo, como si estuviera convirtiéndome en todo lo que mis ojos ven.

¿Y qué ven o creen ver? Que ya estoy dormido.

44

Despierto más allá del mediodía y, aturdido, tardo en salir de la cama.

De lo que creo haber soñado, sólo recuerdo el minuto final que en realidad, a medida que profundizo en él, veo que no es el final de un sueño, sino el recuerdo —sólo treinta y cinco días me separan de él— del momento en que puse en marcha, por primera vez, la secuencia de cuarto oscuro, ventanal y gabinete.

En ese recuerdo tengo en las manos mi ejemplar de *Papeles falsos*, de Valeria Luiselli, el primer libro que el azar ha rescatado de mi biblioteca ligera de cuarto oscuro. Sostengo *Papeles falsos* junto a la luz del ventanal y acabo de elegir el fragmento (el titulado en el libro «Zona de descarga») que será el primero en entrar en el Canon.

¿Y qué se nos explica en ese fragmento?

Algo que ahora me doy cuenta de que lo puedo relacionar con la tensión surgida esta noche del consejo de Violet de que armonizara mi lenguaje escrito con el hablado en la calle por la gente corriente. Y es que, en la primera parte de «Zona de descarga», se nos dice que Wittgenstein imaginaba el lenguaje como una gran ciudad en construcción: barrios modernos, zonas viejas, oscuros pasajes. Y en la otra parte del fragmento se observa que la metáfora de Wittgenstein es muy tentadora, pero que donde la narradora se encuentra, las cosas son más complejas, porque el lenguaje y la ciudad son el eco perpetuo de un temblor. La narradora escucha qué dicen las voces allá afuera:

«—Vamos a romper todo de acá hasta acá.

—¿Pero y dónde vamos a poner el cascajo?

—Aquí, mira. Vamos armando la montañita y ya luego vemos».

45

Me levanto y, dada la hora, me dedico directamente a almorzar, a dar buena cuenta de la comida precocinada que comprara ayer Teresa, la asistenta que limpia en casa los viernes por la tarde y se ocupa, entre otras cosas, de la despensa para toda la semana. Despensa nada abundante, porque habitualmente bajo al Lulú a comer. Hoy no. Hoy tengo la impresión de no tener buen aspecto, y no puedo ponerles como excusa a los habituales del Lulú —al que a veces llamo «Bob Lulu» pensando en Ryo— que la mala cara se debe a mi paso ayer por una noche tormentosa.

Me quedo en casa, que es donde no tengo que justificarme ante nadie y puedo entrar en conversación con los difuntos, o conmigo mismo, tanto da, difuntos todos.

Prosaicas croquetas de cocido y lentejas con chorizo es lo que, lejos de toda sutileza, estoy comiendo ahora, mientras googleo inquieto al ver que no encuentro ni rastro de una museóloga que lleve el nombre de Violet.

Como no lo encuentro, empiezo a preocuparme, a preguntarme si aquella joven casi siempre callada y obediente, la compañera de Altobelli, no se ha convertido con el tiempo en lo que realmente parece, aunque sea tan improbable que lo sea: en una agente de la brigada cazandroides de Barcelona.

Tan desorientado me noto tras la investigación fallida sobre Violet que voy a sentarme en la silla giratoria del gabinete, que, como siempre, rechina, como rechino algo yo ahora también con mi conducta y con mi exagerado temor a tener un aspecto desastrado.

Es algo raro todo lo que me pasa hoy porque si, por lo general, al gabinete llego ya siempre con la infalible pulsión de escritura surgida del ritual de lectura, ¿qué hago yo aquí a estas horas, sin pulsión ni un libro escogido al azar del cuarto oscuro?

¿Qué lleva a un escritor a sentarse muy seriamente ante un escritorio, sin la menor intención de escribir? No sé, ¡los escritores son tan raros! ¿Qué llevó a

Robert Louis Stevenson a construir una chimenea escocesa en su casa de la isla de Samoa?

¿Qué lleva a un escritor a sentarse ante un escritorio sin nada previsto para hacer ahí? Pensar, tal vez. O bien pedirle disculpas a la silla giratoria y hacerlo con el estilo respetuoso que empleara Robert Walser en su «Discurso a un botón», donde celebraba la alegre discreción de esa modesta pieza que introducimos en un ojal para abrocharnos la camisa.

Le pido disculpas a la sufrida silla giratoria y le pregunto si le parece que existo yo menos que ayer por no haber cumplido con mi ritual matinal. Y, por si acaso, aunque sea tan sólo para *sentir que existo*, decido anticiparme unas horas en el envío del e-mail a Violet, el correo que dejé escrito hace unas horas y en el que le digo que, gracias al *espíritu de la escalera*, va a poder leer en el correo que le adjunto mi mejor respuesta a su delicada pregunta de anoche:

«A mí, Violet, cuando ayer me preguntaste en qué momento *me sentí* escritor, me pillaste tan de sorpresa que me lancé a todo tipo de frases incoherentes, quizás porque me hiciste la pregunta de mi vida. Por si acaso te horrorizó el bajo nivel de lo que dije, te envío, en correo adjunto, la más alta respuesta que he encontrado para poder decirte en qué momento de mi vida *me sentí* escritor. Me la dictó el *espíritu* que dicen que recorre la escalera del inmueble del pasaje Mercader. En el documento adjunto encontrarás, por cierto, mi talento.

Tuyo

Vidal Escabia».

46

«Me preguntas en qué momento me sentí escritor y entiendo que te interesas por el momento en el que escribí algo que vi que podía insertarse ya en un cierto orden literario. Pues mira, te voy a precisar en qué momento exactamente ocurrió esto: el día en que, sin darme cuenta, traspasé la frontera casi invisible que separa una frase vulgar de una con un cierto toque literario. Ese día, intuyo que supe ver en lo oscuro la profundidad que busca toda pulsión de verdadera escritura; la profundidad que, como decía Louise Colet, sólo se nos revela en la noche oscura del alma, camuflándose en la oscuridad de la obra. O dicho de un modo más oscuro todavía, como podría haberlo dicho el vanguardista Severini, compañero de D'Annunzio: "De pronto, la literatura apareció en mi guante como un raudo torbellino de Noruega".»

47

Releo ese documento adjunto que he transcrito al dictado del *espíritu de la escalera* y me parece una banalidad, algo pensado en realidad para leerlo en público y provocar un falso efecto de profundidad. Que lo haya inspirado el *espíritu de la escalera* dice mucho en contra de este espíritu tan prestigioso. ¿O se trata en realidad tan sólo del fatuo y presumido *espíritu de la escalera* de un inmueble del pasaje Mercader?

Tampoco sé por qué lo llamo «fatuo» si podría provenir del soterrado espíritu Denver, pero éste es un espíritu que imagino que nada tiene que ver con el que circula por la escalera de Mercader.

Además, es más que probable que, en su delirio discontinuo, Violet ayer ni llegara a enterarse de lo muy por debajo que estuvo mi inteligencia comparada con la de Altobelli. El problema es que me he precipitado y ya he enviado el e-mail. Y ahora me estoy dando cuenta de que es muy posible que haya cometido un error de principiante al mostrarle lo estúpido que he sido al confiar en ese *espíritu de la escalera* del Ensanche.

48

Mis temores se han confirmado. En mi documento, Violet no ha encontrado mi talento y, en cambio, sobradamente el suyo. Porque, no niego que con cierta crueldad, sin renunciar al juego, responde:

«Pero, hombre, mi bendito Vidal, ¿acaso no recuerdas que una parte de tus recuerdos son implantados?».

49

Por su respuesta, ha quedado claro que no ignora Violet que soy una víscera desprotegida, sensible a la más mínima rasgadura. Y en este caso la rasgadura, al recordarme que soy de origen Denver, no ha sido precisamente leve, y me ha dejado huella. Adiós a mi vida tranquila de discreto viudo con hija, y adiós a mi vida de oculto Denver de Barcelona.

No dejo de dar vueltas, además, a lo que ayer, si no entendí mal, trató de decirme Violet, en el portal de su inmueble: que, al igual que podía estar ocurriéndome a mí, también se sentía ocupada por tendencias de origen —en el amplio sentido de la palabra— replicante.

No sé si alegrarme de esto, o entristecerme. Porque la verdad es que alcanzar cada día una conciencia empática más superior me está convirtiendo en un ser un tanto elemental, como lo son tantos humanos. Los he observado a fondo. Y no pueden con su alma. Son como despojos de lo que algún día pudieron ser y no fueron: garabatos que, como decía Altobelli al final de su vida, están afilando continuamente un lápiz con el que nadie sabe escribir una sola palabra.

Por fortuna, conservo una trastienda cerebral de espíritu denveriano, cargada de miedos e irracionalidades distintos de las humanas, una trastienda que interpreta todo lo que vivo y que me está recomendando ahora que sea previsor y tome una medida de protección. Dicho de otro modo: me está recomendando que no tarde en esconderme, que me refugie.

Aun sabiendo que los escondites, como dijo K, son innumerables, pero la salvación es única, y hay tantas posibilidades de salvación como escondites, habilitaré en mi mente un refugio y trataré de hacerme fuerte allí. Un agujero, por Dios, uno cualquiera servirá.

—Vete, corre, vete.

No sé quién habla, pero creo que es la trastienda Denver que parece estar interpretándolo así:

—Vete, corre o, mejor, no te vayas, no corras, ocúltate. Pero no. Créeme, corre. Corre, Conejo.

¿Conejo?

A veces hay que seguir, como si nada, como si nadie, como si nunca.

¡Mira que llamarme Conejo! Por Dios.

50

A mis más recurrentes recuerdos implantados los he esquivado tanto como me ha sido posible, pero gran parte de los mismos tienen un punto en común: no sucede en ellos *absolutamente nada*, no hay acción, como si ésta hubiera quedado suspendida en el aire. Lo más jodido es que, cuantas menos cosas pasan en ellos, más se empeñan en ser recurrentes, insistiendo en ese latoso *no pasar nada* que tanto los caracteriza y que aplasta cualquier signo de euforia que pueda surgir de lo implantado.

En el más gris y anodino de todos esos recurrentes recuerdos implantados, alcanzo a ver una hilera de monótonos árboles esqueléticos que llega a una línea de rocas de arenisca blanquecina que acaba en una tierra baldía. Es un erial que tiene la maniática insistencia en visitarme. A veces, hasta me río y con toda confianza —con la familiaridad con la que a veces le hablamos a una reiterada pesadilla propia— le digo que adiós, muy buenas.

Es como el clásico pariente al que le da por visitarte con innecesaria reiteración y siempre para no decirte nada. Pero es que nada.

—¿Algo más?

—No, nada. Ya me iba.

51

En un último movimiento desesperado respondo al correo de Violet pidiéndole que me saque de dudas lo más rápido posible y aclare, concrete, por qué parece estar viéndome como un Denver-7 que llevaría años arrastrándose por Barcelona. En cuanto envío el correo, me digo que han sido ganas de empeñarme en algo que sólo va a dejarme sin el menor espacio ni truco para seguir esquivando a Violet y a su espada de la Verdad. Y eso es precisamente lo que acaba sucediendo cuando ella, con rapidez, con un brío ya incontestable, me responde:

«Si no tienes ni idea de por qué te estoy viendo como lo que eres, poco puedo hacer por ti, de modo que lo mejor será que, ajeno a la verdad, sigas como estás. Pero piensa que la valía de una persona —en tu caso, la valía de un Denver— se mide por la cantidad de verdad que es capaz de soportar».

Me quedo maravillado, porque en el fondo, muy en el fondo de los fondos, he hallado lo que, sin saberlo, buscaba: esa breve nota que convierte en inútil cualquier intento de esconder mi condición Denver. Claro que ahora estoy a merced de cualquier salvaje que quiera eliminarme y que, en lugar de estar tranquilo como hasta ahora, voy a tener que refugiarme mucho más que antes, pero jamás en mi precaria vida había vivido un momento como éste: un instante de armonía, de alegre concordancia con el flujo de la existencia.

Una existencia, todo sea dicho, que me atrevo a decir (porque así lo vivo, lo noto) gobernada por un cerebro cada día más racional, al que acompaña un cerebro Denver de probablemente menor potencia y ya algo en retirada, pero todavía dedicado a interpretarlo todo y que colabora decisivamente en este raro momento de paz. Instante epifánico. Y sereno instante de liberación con un mensaje de fondo que me dice que, aun sintiéndome acorralado y temeroso, nada puede ayudarme tanto ahora como dejar por escrito aquí, sin miedos, que retengo bastante del androide de última tecnología de la Boulder Corporation, del replicante al servicio de Altobelli, escritor propenso a experimentar con todo lo nuevo, lo que le llevó a ser un pionero en la contratación de un secretario artificial para su escritura: este humildísimo servidor, sin ir más lejos.

52

¿Será posible que, a estas horas, aún no haya dado ni un vistazo a la cámara oscura? ¡Pero si es lo que mejor me sienta! Durante los treinta y cinco días que ya llevo eligiendo al azar uno de los libros ahí recluidos, nada me hace tan feliz como ese momento del día en el que elevo en la oscuridad el brazo y me hago con uno de los libros que aún no han pasado a mi Canon tan caprichoso.

Precisamente porque es caprichoso (como en el fondo todos lo son), al elevar el brazo en la oscuridad me entra una tremenda mala conciencia de haberme olvidado alguno importante. Lo curioso (o no) es que cada día el libro olvidado es diferente. Pero la mala conciencia siempre es la misma.

Hoy sé que el libro olvidado, cuya ausencia notaré al entrar en la cámara oscura, será *El zafarrancho aquel de via Merulana*, de Carlo Emilio Gadda.

Y mañana será otro.

Pero el Gadda olvidado de hoy no puede ser más apropiado porque le veo como el rey de las novelas que toman conciencia de que son interminables, por lo que su oculto tema de fondo no es otro que la imposibilidad de narrar un mundo sin medios reales de acceder a un orden como el que acaso, en otro tiempo, pudo alguna vez existir.

Fue Italo Calvino quien me condujo hacia Gadda, con estas palabras tan admirablemente exactas que convirtieron el *Zafarrancho* en el libro de cabecera ideal por ser radicalmente inacabable: «Carlo Emilio Gadda trató toda su vida de representar el mundo como un enredo o una maraña, o un ovillo, de representarlo sin atenuar en absoluto su inextricable complejidad, o mejor dicho, la presencia simultánea de los elementos más heterogéneos que concurren a determinar cualquier acontecimiento».

Sólo comparable, si acaso, con K, pues la lectura de su obra tampoco puede acabar nunca, jamás, la Duda la vuelve interminable, como le ocurre a las mejores obras de la literatura del XX, pero a K le necesito con vida para mantener también con vida al propio Canon.

El Gadda de *Zafarrancho* no es fácil de leer. Y de él cabe decir lo que Borges afirmó de Quevedo: que era un gran escritor verbal. «Cabría agregar (escribió Álvaro Delgado-Gal): un escritor verbal intrínsecamente inhabilitado para desarrollar historias, lances con un principio y un fin. En aquellos casos en que el principio se enuncia y la narración parece encaminarse a un desenlace, Gadda irrumpe *desde fuera* para derribar el tingladillo escénico en que gesticulan sus personajes.»

De ahí, ahora que lo pienso, la necesidad de que

Gadda esté fuera del Canon para que, con las manos libres, pueda en cualquier momento irrumpir desde el exterior para derribar cualquier problema que pueda presentarse en el interior del Canon.

53

¿Es necesario tener mala conciencia para que un Canon sea más creíble, más completo y glorioso?

¿Qué hago a estas horas tan indeciso todavía? ¿No debería ocuparme ya de mi ritual de biblioteca, ventanal y gabinete y dejar caer aquí las últimas noticias sobre el avance del Canon? Se interponen los recuerdos desgraciadamente verdaderos de los días finales de Altobelli y, sobre todo, aquel momento del funeral en el que quien fuera en realidad su mejor amigo —un doctor portugués, afincado en Boulder y experto en ingeniería robótica— nos dijo que no era cierto que el vacío al que tanto tememos los humanos fuera falta de materia, sino de tecnología: «Porque en el vacío no falta nada y en cambio en nosotros sí, porque tenemos unos ojos nada potentes, por eso no llegamos a ver casi nunca nada».

Algunos sonrieron. También yo reí, pero secretamente. Debí de ser el único que, por dentro, se partió de la risa, quizás porque creía saber de qué hablaba el portugués de Boulder Corporation y ciudadano de Denver. Aquel hombre venía a decir que aquellos humanos, que no tenían necesidad alguna de claridad, eran los que mejor sabían vivir vidas envidiables. Yo había tomado ya nota de esto en una ocasión anterior y la prueba es que, justo ahora mismo, al recordar las palabras del portugués, me olvido de inmediato de cualquier necesidad de claridad y, como llevo ya demasiado retraso, decido ir hacia la oscuridad de mi biblioteca ligera de cámara oscura. Entro en ella recordando el libro de Sergio Chejfec, *Mis dos mundos*, que ya salió del cuarto oscuro, lleva veintinueve días en el Canon. En él, un doble del autor —un *ocupante* como el mío, pero más inteligente— relata un paseo por un parque brasileño, un parque abandonado, gris y uniforme, siendo consciente de la dificultad de acceder al lenguaje, de acceder a la realidad tan móvil de la conciencia, que sin embargo es intuitivamente accesible para cada uno de nosotros.

«Lo que quiero decir ahora, como casi siempre, está impregnado de imprecisión», se disculpa el doble del autor. Sin embargo, es en la asunción de esa ignorancia donde reside la belleza del texto, porque nos permite sorprendernos ante la densidad de lo desconocido que contiene cada momento de nuestra existencia, incluso el más prosaico: no sabemos nunca en cuántos mundos vivimos a la vez.

En la novela de Chejfec, el doble del autor, el «caminante de la mente» (como algunos lo han llamado), no para de transmitirnos esa sensación de no saber, así como la de que se ha escrito tan poco de lo que en verdad experimentamos que aún queda mucho por escribir. A Chejfec la condición flotante de la escritura sobre la pantalla le llevó a pensar en la escritura como poseedora de una entidad más distintiva y ajustada que la física: «Como si la presencia electrónica, al ser inmaterial, se hermanara mejor a la insustancialidad de las palabras y a la habitual ambigüedad que muchas veces evocan».

54

¿Se unió con estas palabras flotantes Chejfec, príncipe de las dudas, a la discreta facción de los que, un siglo antes, muy especialmente a partir de Hofmannsthal y de su célebre *Carta de Lord Chandos* («He perdido por completo la capacidad de pensar o hablar coherentemente sobre ninguna cosa»), mostraron una desconfianza hacia las palabras en todos los terrenos, ya no digamos a la hora de transformar el mundo?

No lo sé, nada sé, pero humildemente sé que, una tarde, en su primer y último viaje a Nueva York, Altobelli, acompañando a Chejfec, se disponía a cruzar la Quinta Avenida y le entraron dudas, que contagiaron de inmediato a su admirado amigo. Dudas que acabaron por desorientar incluso a los automóviles que circulaban en aquel momento por la famosa avenida.

Cuando pienso en esa anécdota, siempre tengo en cuenta que Altobelli proyectó, pero no llegó a llevarla a cabo, una especie de antología de escritores desorientados, perdidos, malditos, sonámbulos o, por decirlo de otro modo, paralizados por su lucidez.

Paralizados como llegó a estarlo él aquella tarde ante la luz roja oscurecida de un simple semáforo de Manhattan que parecía la entrada a aquello que jamás supo nadie qué era, qué es, qué fue.

55

Cuando me detengo a pensar que, como ha dicho Violet, la valía de un Denver se mide por la cantidad de verdad que es capaz de soportar, no he podido dejar de recordar que para Rainer Maria Rilke el único coraje que en el fondo se nos exige es ser valientes para lo más extraño, para lo más asombroso e inexplicable que nos pueda ocurrir. Y para eso creo estar preparado. Valor no me falta para escribir, para decir que soy un Denver-7, al que humanizarse le ha ido dando una brizna de sentido del humor que antes no tenía y que ahora incluso le permite reírse con timidez de la trágica, pero también cómica, trayectoria de los que arrastran el estigma de su androide condición.

Me río, por ejemplo, de la cómica paradoja que detecto en el hecho de que para un Denver-7 que planee una venganza, *salir a la luz* y desplegar rencor contra —por poner un ejemplo de sujeto del que vengarse— su antiguo dueño puede costarle la vida cuando precisamente si disfruta de una larga vida es por un apagón de luz.

56

Pero no puedo negar que soy un esforzado sobreviviente y en ocasiones hasta una sombra incompleta en el cuarto oscuro de esta misma casa, lo que me lleva a intuir que cada vez pueda ser yo más incompleto y más sombra. Y esto no quita que sea también el topo que de alguna forma he sido siempre, el mismo que ahora, por precaución, proyecta refugiarse aquí en el gabinete, en su subsuelo, y dejarle al Autor su escritorio, al supuestamente potente Auctor, el que se dedica a *augere*, a aumentar, a multiplicar las coordenadas de la compleja y ambigua realidad.

¿O acaso el gabinete no tiene rasgos de sótano, de aquellos en los que un fanático como K quería recluirse del mundo entero con una lámpara y con lo necesario para trabajar en el recinto más profundo de un amplio subsuelo cerrado? ¿Y no le escribió K a Felice Bauer: «En este sentido, escribir es un sueño más profundo. Como la muerte. Del mismo modo que no se saca ni se puede sacar a un muerto de su sepultura, nadie podrá arrancarme por la noche de mi mesa de trabajo»?

Imposible ahora no pensar en que esa ansia de ser escritor de sótano, años después, la comunicaría K a Milena: «La posibilidad de vivir en un agujero cavado por mí mismo en un bosque».

No sé a qué clase de azar debo el hallazgo, pero hay en el gabinete un hueco circular en el suelo, secuela de una posible excavación que me es imposible saber quién pudo emprender. Mentalmente, voy a cobijarme en ese hueco, que considero mío, como si lo hubiera excavado con mis propias manos. Nada me cuesta situarme en la zona más baja y oscura del despacho, en un escondrijo cuya entrada —prefiero precisarlo— se halla entre la alfombra y el desgastado suelo de parquet. Ahí quiero creer que será muy difícil localizarme.

Ningún delito he cometido, pero en previsión del que podría cometer —asesinar al adorable doctor portugués, por ejemplo, que fue quien desde Boulder le recomendó a Altobelli comprarme—, elijo llevar una soterrada vida de biblioteca ligera y no exponerme a que me denuncien y me detengan y, cualquier amanecer, sin mediar palabra, sea fusilado por la dulce brigada civil de los que buscan Denvers en la edad ya peligrosa.

57

Pienso en el refugio mínimo que frecuentaba una amiga en París y que era la vivienda minúscula de una amiga suya. Una sola persona llenaba la estancia; dos la volvían sofocante. Era imposible moverse en aquel interior sin contraer el cuerpo hasta sus mínimas proporciones y la mente hasta su dimensión más ínfima.

Hasta que, un día, mi amiga descubrió que únicamente entonces, tras la contracción del cuerpo y la transformación de éste en un ente minúsculo, podía empezar a respirar, empezar a sentir que la habitación se expandía y permitía que la mente explorara los límites desmedidos e insondables de aquel lugar. Porque, en aquella habitación, cabía un universo entero, una cosmología en miniatura que contenía en sí misma lo más extenso, distante y desconocido.

Refugio mínimo es también este gabinete. Y aún puede serlo más, contemplado desde donde estoy, desde este hueco circular en el desgastado suelo, hueco parecido al agujero de gusano de *Interstellar*.

Aquí ocurre lo mismo que en la vivienda parisina mínima de mi amiga: el Auctor con sus pretensiones llena el gabinete, y yo, el pobre narrador, situado en la embocadura de mi excavación, no hago más que volverlo todo más sofocante.

Ay, el Auctor. Ahí arriba, más alto, mucho más, también más ínclito, más autor, más ya no sé qué, mucho más todo. Y yo, ay, más enano, gusano perdido, con menos bombo, bajísimo, mucho menos en todo, muy menos.

Pausa.

Qué relativa calma, pero paz a fin de cuentas, tener al Auctor en las alturas y como escudo de protección de cualquier cazandroides que pueda aparecer en algún momento.

Y me da vergüenza decirlo: pero qué buenos instantes, hueco mío, por mucho que, de alguna forma, viva en el subsuelo del gabinete.

¿Y puedo vivir así? Claro, como el topo que narraba «La obra», aquel duro, laberíntico y último relato (inacabado) de K, cuyo título original es «Der Bau», que en alemán tiene sólo la connotación de «edificio en construcción», lo que no choca con que K, por el reiterado empleo de la palabra *Bau*, entendiera su narración como una alegoría de la «construcción» de su obra literaria.

«Der Bau» no está entre lo mejor que K escribió, pues la buena recepción de una obra sin seres humanos es más concebible en mundos que no pueblen terrícolas. Pero como relato, y no sólo por el ratonil lugar por el que me muevo ahora, «Der Bau» es uno de los más obsesionantes de la historia de la literatura.

58

Al igual que en «La obra», en este lugar tan cavernario por donde ahora me muevo no hay un solo ser humano, pero eso aún me estimula más para cavar y cavar hondo, y recubrir después la entrada al hueco y así evitar que todo tipo de alimañas crean que allí, en lo excavado, hay algo digno de ser investigado.

Pero, por Dios y por el Divino Absoluto y por todas las alimañas del mundo, ¿qué podría haber aquí para investigar? Tal vez la trastienda de por qué muchos autores están tan habituados a enderezar las riendas del narrador cuando éste flaquea, derrapa. Pero, bueno, debo seguir lo más pendiente posible de resguardarme, de facilitarle al Auctor, al que ahora está obligado a *augere*, a aumentar la realidad para que funcione mejor su tarea de protección.

De haber sabido el peligro que tenía acudir a aquella fiesta después de años de no salir de noche, podría haberme puesto antes en guardia, pero ¿quién habría podido advertírmelo? ¿La catatónica Boulder Corporation? Catatónica porque ya no existe, he sobrevivido a mi fábrica. ¿Acaso Altobelli desde la bajeza de las galerías profundas de sus estúpidos delirios finales? ¿El Auctor, que bastante trabajo tiene ahora no sólo con servirme de coraza, sino con cargar con la obra de Altobelli que con mi mejor voluntad llevo un tiempo tratando de prolongar?

Pausa.

Como no tuve infancia, a veces juego a imaginarme de niño, pero siempre acabo hundido: barbilampiño total, con moscas en los ojos y picaduras de viruela en la piel, las neuronas desenchufadas, con llantos constantes de puro terror, de miedo de verdad ya sólo de saberme sin un lugar en el universo.

Acabo siempre hundido, pero también cada día más convencido de haberme salvado de una experiencia feroz. Ya viví con desasosiego los años de infancia de la pobre Ryo, días monstruosos a partir del dolor que creó el salto mortal de Aiko.

El año pasado encontré en *Mapa de soledades*, de Juan Gómez Bárcena, unas líneas que inevitablemente me retrotrajeron al acantilado de Tōjinbō en el que Aiko perdió la vida. Un taxista, en las cataratas de Iguazú, empezaba a hablarle a Gómez Bárcena, o al narrador de su libro, de la fastidiosa y extraña fijación que tienen algunas personas por precipitarse desde lo alto de las cataratas. Y de cómo en los últimos años, seguía diciéndole el taxista, las autoridades se habían visto obligadas a contratar guardaparques disfrazados de turistas, cuyo trabajo consistía en patrullar las barandillas favoritas de los suicidas.

Como lector me ha sucedido lo mismo que a Gómez Bárcena: aun no sabiendo si el taxista hablaba en serio o en broma, he acabado preguntándome qué era lo que aquellos guardaparques de incógnito tenían que buscar para ser muy eficientes en su trabajo: «¿Ojos vidriosos, andares sonámbulos, mandíbulas crispadas? ¿Qué síntomas inequívocos delatan al verdadero suicida?».

59

Recuerdo que, tras la aparición de mi ópera prima, *Lo indecible*, llegaron algunas entrevistas. A decir verdad, sólo dos. Forcé en ellas, aunque tenuemente, mi falso lado autista para evitar males mayores, como que descubrieran que no tenía padres ni abuelos y que ni siquiera había nacido.

En la primera de las entrevistas me encontré con un cabrón que me preguntó si estaba más interesado en jugar con las palabras que en decir algo original. Viéndola como una pregunta que no tenía relación con *Lo indecible*, le contesté como si hubiera entendido que se interesaba por mi relación con la escritura y dije, parafraseando a Pierre Michon, que para mí ésta era «algo sagrado, algo que había completamente fetichizado, un intento de decir *algo que nacía siempre impedido...*».

Me miró con mala cara.

Yo le puse una peor.

—Como norma general —le dije— prefiero evitar los rodeos.

—¿Y qué sería lo que tendría que haberte preguntado?

—Si aquella camioneta blanca, ¿puedes verla?, está llena de juegos de palabras para niños.

Miró y nada vio, y así lo confesó.

—Nada ves, ¿verdad? ¿Y qué esperabas? Toda entrevista es a su vez una imagen que no miramos.

Ni que decir tiene que aquí acabó la entrevista del cabrón.

La otra la hizo la veterana Silvina Carletti, a la que traté exquisitamente, porque sabía de su valía. Me preguntó por qué habiendo sido escrita mi primera novela «bajo el signo de la infancia», hablaba muy poco en ella de mis primeros años, por no decir que no hablaba nada, salvo de un momento en el que la luz de una lamparilla sobre un libro me había guiado en la oscuridad hasta el día siguiente. Como prudente y muy cauto Denver secreto, no di una respuesta conforme a mi más íntima verdad —no había nacido— y dije que en realidad nada encontraba en la infancia.

Nada tengo que ver, le dije, con ese tipo de escritores que organizan su mundo de creación en torno a los primeros años de su vida, en torno a ese periodo de pantalón corto, periodo de exagerado prestigio, esos años en los que el tópico más redomado dice que son vitales para nuestra creatividad futura, cosa en la que yo no creo, porque en realidad, hasta los veintipico años, no empezaron a ocurrirme cosas que luego hubieran condicionado mi vida.

Y recuerdo que no hice ni una pausa en toda esa explicación, probablemente por el temor a que la experta entrevistadora, a la más mínima brecha que detectara en lo que le decía, preguntara si tenía que creerse lo que le estaba contando.

Sólo sé, seguí diciendo, que mientras estuve bajo

la protección familiar, no me ocurrió nada, ningún trauma, nada. Y que sólo cuando comencé a estar expuesto a una cierta intemperie me empezaron a suceder historias, hechos más o menos inauditos, y otros no tanto. Vi mundo. O eso al menos fue lo que me pareció que veía.

—¿Qué mundo vio? —preguntó una Carletti implacable.

Quedé clavado, sin saber qué responder, mudo inesperado.

Hasta que el recuerdo de unas palabras del doctor portugués amigo de Altobelli acudieron en mi auxilio.

—Vi un mundo que sólo era puro vacío, pero a la vez vi que en el vacío no faltaba nada, que éramos nosotros quienes no veíamos nada en él por culpa de nuestra ridícula visión endeble, tenemos ojos de corto alcance.

Carletti enarcó una ceja y cambió de tema:

—¿Le gusta el fútbol?

2

PARTIÓ LA MESA EN DOS

60

No sé cómo ha sido, pero mi cuerpo ha quedado ensamblado caóticamente en la silla giratoria. Es como si hubiera caído víctima del magnetismo del escritorio. O de mi repentina responsabilidad de Auctor. En mi parcial inmovilidad reparo en un libro de poemas de Paul Klee que ayer Teresa, al limpiar, debió de mover excesivamente de sitio y ahora se asoma al abismo y, en cualquier momento, podría caer al suelo, quizás sobre el hueco en el que se refugia el narrador.

Al narrador su estado de ánimo no le permite recibir en plena cabeza un impacto de Klee. De recibirlo, podría caer en un desánimo peor, algo que no me conviene, lo necesito porque lo veo como el hilo que posiblemente mejor me comunica con el misterio del origen de los Denver.

No sabía yo que tenía tanta paciencia. Acabo desenredándome en la silla y rescato a tiempo los poemas de Klee. Me hechiza el azul de la portada, y vivo un momento formidable al confirmar que a veces Klee nos conecta con la alegría, especialmente cuando hace su aparición la sombra de alguna pena triste.

Encuentro versos subrayados que volvería a subrayar de tanto como me impresionan hoy de nuevo. Tres de ellos parecen caídos del mismísimo azul de Klee, porque cuadran con todo lo que me sucede en los últimos tiempos, así que decido incorporar el libro al oscuro cuarto de espera del Canon. ¿Cambia algo si son 71 los elegidos de esa biblioteca ligera? No. Además, el 71 se lleva bien con el 17, que es el número de libros del cuarto oscuro que son de cosecha propia, posteriores a la herencia de Altobelli. Por otra parte, me gusta más el 71 porque sumar 7 con 1 da 8, que es un número que tiene algo de místico, de oculto, de algo que está ahí, pero que permanece en la sombra. Nada más apropiado para la cámara oscura. No dudo que, tarde o temprano, estos tres versos de Klee —en ellos no se pueden nombrar mejor los dos lugares que ahora habito— llegarán al Canon:

«Del lado de acá soy completamente imprevisible.
Pues habito tanto entre los muertos
como entre los no nacidos».

—Superposición de estados —susurra el narrador.

¿Es humor de su parte? ¿Desesperación? Veremos si logra superar su posición pésima entre los bichos de su agujero y el Auctor, ese No Nacido, que gobierna en lo alto.

61

¿Y por qué tanto retraso hoy en la secuencia cotidiana de biblioteca, ventanal y gabinete? Por la fatiga que acumulo, ya no sólo por haber trasnochado ayer, sino por haber seguido con la fiesta en casa, *escribiéndola.*

Salvo para dormir un rato y soñar con papeles falsos, no he dejado de vivir la fiesta *escrita* desde hará no sé cuántas horas. La noche sigue en mí, lo que tal vez confirme algo que, desde mi punto de vista Denver, siempre sostuve: que toda fatiga extrema es una fiesta, ya que, en contra de lo que se piensa, el cansancio es una máquina de alegría creativa, se pierde la noción del tiempo y uno se siente más libre que nunca.

Yo creo que Roland Barthes lo dijo de otra forma en *Roland Barthes por Roland Barthes.* Allí, en este libro (fue el decimosegundo en pasar al Canon), le da la vuelta a la idea de fatiga y nos propone saber estirarla, potenciarla, convertirla en una intensidad que nos pueda acompañar a todas partes y tal vez hasta nos pueda llevar a ver el mundo de una forma distinta, lo que me hace pensar en el *Ensayo sobre el cansancio*. En ese libro (en la sala de espera del Canon), Peter Handke da vueltas en torno a la fatiga y acaba diciendo que no sabe nada sobre ella, salvo que los cansancios no se pueden planificar, no pueden ser una meta que uno se proponga, pues en realidad no llegan sin una causa, llegan «en la transición, después de haber superado algo».

62

Superada la fatiga de haber seguido con la fiesta en casa *escribiéndola*, y justo cuando me siento en condiciones de iniciar, de una vez por todas, el ritual de biblioteca, ventanal y gabinete, me llega un whatsapp de Chus Martínez, que, en modo mensaje de voz, dice ir camino del aeropuerto para regresar a Basilea y me pregunta si no tengo la impresión de que anoche le quedó algo por decirme. No, no la tengo. Pero mira, dice Chus, con tanta despedida doble, olvidé pasarte el mensaje que Ryo me dio para ti y que, sintetizándolo, viene a decir que no quiere agobiarte y que...

Se interrumpe aquí la grabación y quedo inquieto. Las síntesis a veces, sobre todo interrumpidas por la mitad, pueden ser criminales. Por suerte, no tarda en llegar otro mensaje de voz de Chus: «Que dice Ryo que no quiere asfixiarte, pero que le gustaría estar segura de que, si deja su infierno de Berna, no tendrás problema alguno en alojarla en casa, donde a fin de cuentas está su habitación de siempre».

Le pido a Chus que le diga a Ryo que si es verdad que deja al boludo estaré *contentísimo* de que nos reencontremos, que la voy a esperar como nunca esperé a nadie.

Chus pregunta si creo verdaderamente oportuno llamarle boludo. Sí, le respondo, porque ya llevo —se lo digo metafóricamente, pero sin que ella pueda advertirlo— treinta y cinco días preparándole a Ryo su cuarto. Chus quiere saber por qué treinta y cinco precisamente. Pero en mi respuesta me desvío de su pregunta:

—Y dile también que la espero con toda mi energía de ansiedad.

—Ay, pobre, energía de ansiedad, ¿le vas a decir esto?

—¿Y por qué no?

—Porque suena glacial y técnico, frío y hasta robótico, lenguaje de electrodoméstico, ¿no te parece?

Sonrío, mientras me digo a mí mismo algo que no voy a reconocérselo a ella: que son, en efecto, palabras de electrodoméstico, frías y no exactamente mías, pero lo que sucede es que son palabras de mi *ocupante*, que parece cada vez más animado a intervenir cuando le plazca.

Y para no complicar las cosas tampoco le digo que donde estuvo el dormitorio de Ryo —no es un detalle menor: allí estuvo incluso su cuna— se encuentra ahora la mitad de mi biblioteca ligera de cuarto oscuro.

63

Tengo el plan en mi cabeza y sé que lo ejecutaré en poco tiempo. Si me avisara Ryo de que en pocas horas va a presentarse en casa sé que —previo y rápido desmantelamiento de la biblioteca ligera— haré que Ryo pueda reencontrar su acogedor cuarto de antes, con la amplia y cómoda cama y su mesita de noche de tantos años, y, por supuesto, con la civilizada iluminación de siempre.

Aun así, es previsible que diga que el cuarto está algo cambiado. Y lo está, le diré, recuerda que aquí estuvo tu cuna.

64

Y no sé, pero ya sueño con una noche del futuro en la que me deslizaré sigiloso y emocionado por delante del recién recuperado dormitorio de Ryo, sabiendo que ella duerme ahí, en el cuarto donde estuvo su cuna y que para mí puede llegar a ser también la cuna del Canon. Cuna que imagino ligera, rodeada de esos granos egipcios que, encerrados herméticamente durante miles de años en las cámaras de las pirámides, han conservado hasta hoy su capacidad de germinar y guardan el misterio.

Estos últimos días, ha pasado más de una vez por mi cabeza la posibilidad de una unión futura e indestructible con Ryo por el sistema de —el concepto es de Cirlot, es el primer verso de un gran poema— ir a una eternidad fuera del mundo.

—¿Y cómo va uno caminando hacia ella, hacia esas afueras? —le pregunto al *ocupante*, al narrador refugiado, que desde su hueco del subsuelo es quien, por la vía de la insistencia Denver, ha introducido la idea de esa unión de hija y padre.

Pausa.

Al *ocupante*, al narrador refugiado, decido alabarle su lealtad a la esfera mental de los Denver, porque de ella en el fondo me beneficio en parte. Es una idea que yo sé que en la esfera mental de los Denver puede llegar a ser moneda corriente, y en la Tierra, en cambio, sólo surgir de la alta poesía, a la que paradójicamente puede llegarse a través de una prosa sin pretensiones, es decir, por la vía de un relato realista sobre la vida monótona de unos ancianos, por ejemplo. Pienso en los viejos de «Catálisis», el cuento de Juan Benet. Van paseando al atardecer, como todos los días, hacia el colmado de las afueras, el colmado que marca los límites del pueblo, y no encuentran ese colmado, entienden que lo han sobrepasado sin darse cuenta, pero entonces llama su atención que hayan talado, en época no apropiada, los árboles de la carretera y que haya amenaza de tormenta. Y aun así siguen caminando y hasta siguen andando cuando cae un rayo a lo lejos. Y luego uno más cerca y, aunque se plantean «volver en dirección opuesta a la que han traído», todo ha mudado tras el deslumbramiento provocado por el rayo. De repente, todo a su alrededor está irreconocible y han quedado inmovilizados, cogidos de la mano y mirando al frente de la carretera.

Es un pasaje que me recuerda aquel fulgurante juego de miradas, tras un rayo, entre Dante, que ha pasado más allá del fin del universo y le invade la luz, y Beatriz, que mira al sol. «Mucho es lícito allí, que prohibido está aquí», piensa Dante. Y de pronto parece haberse unido un día a otro día, y Dante se pierde de nuevo en los ojos de Beatriz absorta en las esferas eternas. «Ya no estás en la Tierra, como crees; / ningún rayo escapando de su centro, / fue más veloz que tú volviendo al tuyo.»

65

Amor a prueba de rayos, dice Chus en un nuevo mensaje de voz refiriéndose, supongo, a lo que antes le he dicho: que a Ryo la espero con toda mi energía de ansiedad.

Luego, convencida Chus, con razón, de que va a divertirme oírlo, me cuenta que esta mañana en Basilea un desconocido, un señor de mediana edad, la ha parado por la calle y le ha pedido que no mantenga correspondencia telepática con él, «ni este año ni en el futuro».

En mi mensaje de voz le digo a Chus que he escrito en las últimas horas lo que viví anoche en su fiesta y más allá de ella y que en cierta forma sigo en ella, escribiéndola.

—Sigo en tu fiesta, vamos.

Eso le digo y añado que, de todos modos, tanto trabajo de escritura me ha dividido en dos, y ahora una parte de mí, el narrador, creo que muerto de miedo, se ha convertido en un bicho, o algo parecido, por lo que he tenido que esconderle en un mínimo agujero de gusano entre la alfombra y el parquet.

Jiu, jiu, jiu, no me hagas reír, contesta Chus, entendiendo mi respuesta como la devolución humorística de su anécdota de Basilea. Sin embargo, trato de explicarle que nada hay tan cierto como lo que acabo de contarle.

—Que lo sepas, Chus, me he desdoblado —digo en un nuevo mensaje de voz—, y puede que yo sea el mismo de ayer noche, pero ahora ando en dos lugares del gabinete al mismo tiempo, en la esfera inferior y en la superior. Y en esta última, que es donde como autor me corresponde estar, ando afectado viendo que, a mis pies, el narrador tiene el síndrome de K y recorre, incansable, como un bicho oscuras galerías interiores.

No me responde Chus a este mensaje, y tal vez ni se moleste en hacerlo. Para frenar por mi parte cualquier tipo de impaciencia, me entretengo pensando en *La hendidura*, de Harold Duché, ese libro tan poco conocido y que el miércoles de la semana pasada, antes de que me extirparan el carcinoma, entró en el Canon: un libro parecido a «El Horla», uno de los relatos más llenos de espanto y de locura de Maupassant.

En él, Harold Duché sostiene que nada es involuntario y las coincidencias son el destino de un cálculo: el azar cae de una hendidura construida en mitad de una suma sencilla, como si en medio de las letras de otros libros existiese todavía espacio para escribir nuevos libros.

Y en esto, cuando menos lo esperaba, llega el nuevo mensaje de Chus. Pregunta si cuando hablo del síndrome de K me estoy refiriendo a Kafka y le digo que podría ser, porque fue de los primeros en ver lo que ya habían advertido Flaubert y compañía: que una formidable estupidez había comenzado a avanzar imparable en el mundo occidental.

El adjetivo «occidental» ha debido de sonarme como un despertador, o como un seco golpe de látigo, y me ha recordado que debería preguntarle a Chus si Violet trabaja de museóloga. Porque doy por hecho que sí. Pero me cuesta olvidarme de que anoche se comportó como una agente dedicada al espionaje de Denvers.

Violet, dice Chus, es una voluntariosa museóloga y, si he de serte sincera, a veces le veo un aire de familia contigo, porque, como tú —breve pausa de Chus—, es una experta en transitar de lo corriente a lo anómalo.

No sé qué decirle y, además, no quiero entrar ahí. Y vuelvo a hablarle del bicho que recorre oscuras galerías interiores. Chus, rápida con su whatsapp esta vez, pregunta si no le estoy hablando en realidad de una cucaracha. Digo que no, que es un escarabajo. Entonces lo más probable, dice, es que el pobre insecto no lo sepa, pero tiene alas bajo la cubierta dura de su espalda y, por tanto, puede escaparse de tu despacho.

Siguen, por su parte, unas risas que demuestran que continúa creyendo que no hablamos en serio. Es que si vuela, digo categórico, la brigada cazandroides acabará inmediatamente con él.

Jiu, jiu, jiu.

66

Nueve días exactos desde que ingresó *Auto de fe*, de Elias Canetti, en el Canon desplazado. Recordar esa incorporación de *Auto de fe* —la historia de una atracción desaforada por los libros— me anima justo en este momento, cuando, a la espera de que regrese pronto Ryo, más necesitado me siento de compañía. Y la extrema locura y a la vez extrema cordura de Peter Kien, el personaje central de la novela de Canetti, me da esa compañía. A su extremismo lo veo como un providencial aliado, un refuerzo que podría ayudarme a no ver tan anómala mi actividad de ritual matinal y otras derivas librescas. Tras escribir esto, siento tal confianza en mí que ensayo mezclar a Peter

Kien con el hiperliterario Borges. Me llamo Kien, digo, y lo mío, como diría Borges, no es un *no se me ocurre nada*, sino un *se me ocurre todo*.

—¿Me incluyes a mí en ese Todo? —pregunta de inmediato el *ocupante*.

Tal vez sean ganas de divertirse cada vez más a costa de lo que pienso o digo, como si creyera que el suelo del gabinete es el área idónea para reírse de la memoria, el lenguaje, la incomunicación, la locura y la más desgarradora soledad de los humanos.

67

Pero, en fin, consigue el bicho que yo no esté solo. Sigue un silencio aterrador por su parte, y se deja oír sólo la música tantas veces callada de la *Parte Denver* de mi cerebro. ¿Le ha ofendido al refugiado saber lo que pienso del ambiente del suelo del gabinete? La venganza no tarda en llegar cuando, desde el sur del despacho, me taladra los oídos un rumor de acerados revoloteos en espiral que por poco no me rompen los nervios. Es un rumor que, al dispararse también en imágenes descontroladas, va creando la entrada en mi campo visual de un Peter Kien que pasea por el interior de un cráter. Pasea como si lo hiciera por el interior mismo de *Auto de fe*, esperando la erupción del Vesubio, que imagina que tardará ocho minutos en explotar, aunque al final no lo hará, pues los ocho minutos que Kien cree que le separan de la catástrofe no transcurren, como tampoco ahora transcurren los minutos en mi gabinete.

68

«Sé que, cuando escribo, pasan cosas. Dejo que actúe dentro de mí *algo* que, sin duda, procede de la feminidad. Es como si regresara a territorio salvaje.»

De darse el caso de que quisiera repetir esas icónicas palabras de Marguerite Duras, debería modificar sutilmente la segunda frase y escribir: «Dejo que actúe dentro de mí *algo* que, sin duda, procede de mi origen Denver. Es como si regresara a territorio salvaje».

Ese *algo* es clave para mí desde hace horas, porque no descarto que abra una línea directa con el mundo enigmático, anterior a mi configuración de androide. Un mundo del que, de llegarme señales, sólo podrían proceder en mi cerebro —mis experiencias humanas lo han reducido y nublado, estoy seguro— de la minoritaria Parte Denver, la que habla con la voz del *ocupante* y en probable conexión con los territorios por explorar de mi identidad originaria.

Es una voz que sigue firme ahí, en el interior del hueco, y se mantiene combativa, boicoteadora, injuriadora, maléfica, perversa, muy intrusa a veces cuando interrumpe lo que pienso o digo. Es imposible no pensar en la voz de aquella *ocupante* de la que decía anoche Violet que interfería en momentos en los que ella hablaba y que hasta *le hacía perder la cabeza*.

De hecho, ahora mismo la voz de mi *ocupante*, la voz del narrador refugiado, acaba de inmiscuirse descaradamente en el borrador del mensaje de amor y muerte que quería enviarle a mi queridísima Ryo y que finalmente no le voy a mandar, no sólo porque el *ocupante* lo ha retocado perversamente, sino porque, mientras componía yo el borrador, he visto con claridad que era mejor que no le escribiera nada a Ryo.

El borrador de amor y muerte, retocado maléficamente por el *ocupante*, voy a destruirlo, pero antes a reproducirlo aquí en estos *apuntes* como prueba de lo problemático que puede llegar a ser el gen Denver, el gen de un Mal indefinido:

«Ya no estoy entero. Ven rápido. Ya no tengo boca, tampoco cara. Pero estoy en contacto contigo en este espacio libre en el que sé que estás. Deja el escacharrado reloj suizo del Oso de Berna. Ven, vuelve a la oscuridad con tanta luz de tu cuarto y busquemos juntos, con nuestro pacto profundo y alegre, una eternidad de polvo enamorado».

Cuando lo leo, lamento sus derrapes, desajustes y monstruosidades casi a la vista. Y hasta me aflige que alguien que emite un mensaje como éste, que no deja de ser ambicioso, apenas pueda moverse mucho más allá de su parte cerebral Denver. Pero mejor así, pienso.

Lo oigo dar vueltas y vueltas por el interior de su gris boquete. Lo escucho como si lo estuviera auscultando, y su ritmo es el de un insecto sonámbulo que va como un loco por las galerías interiores de su gruta profunda. Y nada puedo hacer por él, aunque, como Auctor, estoy en un sitio y en el otro, en los dos, y en ambos —superposición de estados— soy el mismo, sólo que en la esfera alta ocupa más espacio una «conciencia empática superior», una tendencia a ser cada vez más humano. Y en el espacio inferior una tendencia, en la noche abierta, a irse del «pueblo de siempre», marcharse paseando —como en «Catálisis», el cuento de Benet— hacia una eternidad fuera del mundo, hacia la luz invencible de Ryo que lo acapararía todo después de —entramos en el espacio de la *Comedia*, de Dante— haber ascendido la melancólica montaña del Purgatorio.

69

La hora de entrar en el cuarto oscuro la decides tú, dice, esta vez más oportuno, el *ocupante*. Y, minutos después, ya estoy entrando a paso lento en el cuarto de la bombilla débil, de la bombilla de luz roja oscurecida que cambiaré por una iluminación más potente en cuanto me confirme Ryo que regresa.

Y, cuando menos lo esperaba, vuelve a intervenir el *ocupante* con una pregunta esta vez difícil: quiere saber por qué podemos hablar de una luz roja oscurecida, pero no de una luz roja negra.

Es una pregunta del *ocupante* que podría provenir de su gen Denver si no fuera porque sé que la formuló en su momento Wittgenstein cuando se dedicó a rastrear la lógica de los conceptos de color. Al parecer, con su investigación quiso mostrar cómo persisten los orígenes de la identidad que nos creamos sobre las cosas, pues no hay un criterio comúnmente aceptado para lo que sea un color.

Debajo de la bombilla de luz roja oscurecida, sigue inalterable el letrero con la cita de Kandinsky que hallé en un libro de Mark Haber: «Sólo una débil luz brilla como una pequeña estrella en un vasto abismo de oscuridad. Esa débil luz no es más que un presentimiento, y el alma, cuando la ve, tiembla dudando si la luz no será un sueño y el abismo de oscuridad la realidad».

Por primera vez, en la biblioteca de cámara oscura, soy consciente plenamente —casi la siento a mi lado— de que voy caminando a media luz por el antiguo dormitorio de Ryo, y la imagino en un día de un futuro bien cercano viviendo, durmiendo ahí, convertida en una estrella extraviada en un vasto abismo de oscuridad. Y, antes de que pueda ver mejor en la penumbra, alargo a ciegas el brazo derecho y me hago con un libro que tiene una categoría muy superior a todos los demás que publicó su autor, Stefan Zweig: *El mundo de ayer*.

Es una casualidad, pero es el segundo día consecutivo en el que el libro rescatado del cuarto oscuro está ligado a Viena. Porque ayer viernes el que surgió de las sombras fue *El mago de Viena*, de Sergio Pitol, aunque ahí no se habla tanto de la capital austriaca como de una casa ubicada en Ciudad de México en la calle de Viena, delegación Coyoacán, a unos metros del hogar-fortaleza donde fue asesinado Trotski.

En *El mago de Viena* se citan unos versos de Lope de Vega que me llevan a preguntarme si no será que los libros que de la cámara oscura viajan al ventanal van a veces a su aire hilando la sucesión de lecturas y de sucesos cotidianos que rodean la construcción del Canon, compuesto en cierta forma al modo de la divertida máquina de la que hablan estos versos de Lope en *La Dorotea*:

«—¿Cómo compones? —Leyendo,
y lo que leo imitando,
y lo que imito escribiendo
y lo que escribo borrando,
de lo borrado escogiendo».

70

Lo que sigue será lo que sea, pero irá a la ficha de *El mundo de ayer* en el archivo del Canon y dirá que he trasladado el libro de Zweig al sillón de falso cuero antiguo, junto al balcón, y he entrado en las páginas en las que el autor nos cuenta cómo, muy lejos de Viena, ya en los Estados Unidos de América y, creyéndose a cien millones de leguas de Europa y del horror nazi del que había escapado, viajando a toda velocidad en un coche Pullman por Texas, entre Houston y otra ciudad petrolera, oyó en el tren que alguien despotricaba a gritos en alemán. Un pasajero había sintonizado, en el receptor de radio del vagón, por azar, una emisora berlinesa, de modo que, rodando en el tren a través de la llanura de Texas, Zweig tuvo que volver a oír la voz de Hitler.

El episodio de la voz del Führer me recuerda mi paso fugaz por Viena en compañía de Aiko embarazada. Fue a la salida de la Cripta de los Capuchinos, cuando nos contaron que en la radio, en la ORF, hablaban de un «incidente ferroviario» de aquel mismo día. ¿Qué clase de incidente? En el tren regional que unía Innsbruck con Viena, los altavoces habían emitido, durante veinte minutos, fragmentos de un discurso de Hitler.

Pausa.

Acabo de recordar un texto de Olga Merino sobre la bibliomancia, esa práctica adivinatoria de la que, como tantas cosas que no sé, nada sabía yo y que, por lo visto, fue popular en la Edad Media. Consistía en abrir un libro (entonces un códice) por una página al azar e interpretar el párrafo adaptándolo a las circunstancias del momento.

Naturalmente, ha sido inevitable que pensara que esas circunstancias son las que, cuando me alejo del ventanal y me encamino al gabinete, convierten en imposible que no vaya a relacionar el fragmento vienés con las circunstancias de la Europa de hoy, en la que, por incomprensible que parezca, los errores, como las tácticas de engaño, casi nunca se leen a tiempo.

O no se ven o no se quieren ver venir, y entonces, dando paso a la barbarie, fatalmente se repiten.

71

Vuelvo a pensar en la cita de Kandinsky que cuelga de la bombilla de la cámara oscura. En ella se habla de «un vasto abismo de oscuridad», que no tardo en relacionar con esas asombrosas «páginas en negro» que casi, a las primeras de cambio, el lector encuentra en *Tristram Shandy*, de Laurence Sterne.

Son páginas totalmente ensombrecidas por tinta negra y con el probable objetivo de romper el ritmo de la narración, imponiendo una breve ley de súbito silencio y pensamiento que irremediablemente dejan asombrado al lector en el sentido que le daba al adjetivo María Zambrano: «Hay en el asombro un quedarse inerme ante algo, ante algo que se ha visto y que creíamos familiar, pero que en un instante se muestra como absolutamente nuevo».

Inermes. Así puede que se quedaran algunos de los primeros lectores del *Tristram Shandy* cuando, al poco de iniciar la lectura del libro y, tras referir el narrador la lamentable muerte de Yorick (el mismo que pedía que se escribiera con caracteres de oro esta definición: «la seriedad es un continente misterioso del cuerpo que sirve para ocultar los defectos de la mente»), pasaban página y se encontraban en un recuadro el epitafio y, al mismo tiempo, la elegía del muerto.

Leíase allí sobre la tumba:

«¡Ay, pobre Yorick!».

Y luego pasaban página y veían que el negro, el color del luto, ocupaba íntegramente la escritura, y que nunca antes se había visto hoja tan oscura en un libro, lo que, desde nuestra perspectiva, no ha de parecernos tan extraño, dado que el atrevimiento se produjo en un libro que no dejó indiferente a ninguno de los intelectuales del momento: muchos en contra, como el doctor Johnson y el novelista Samuel Richardson; a favor, James Boswell, biógrafo de Johnson, y los pintores William Hogarth y Joshua Reynolds, entre tantos.

Nada extraño que el inesperado prodigio de la hoja oscura se diera en un libro como el de Sterne, donde se trastocaban convenciones narrativas y Tristram Shandy tardaba algunos volúmenes en nacer.

Un libro el de Sterne (ya en el Canon, hace doce días) que para muchos de sus admiradores es, tras el *Quijote*, el más osado, libre y divertido de toda la historia de la literatura universal, además de ser, para los efectos de mi Canon, el libro *desplazado* por excelencia. Una obra en la que el narrador no sigue el orden temporal de los sucesos narrados, sino que los encadena principalmente por asociación de ideas, recurriendo a veces a *pausas* que nada tienen de retóricas, pero ayudan al ritmo de la acción y a romper los rígidos moldes en los que se enmarcaban las novelas de aquella época.

Son *pausas* que veo como precursoras de las de Samuel Beckett que puntúan estos *apuntes* y que ahora creo ver que podrían estar cumpliendo, salvando las insalvables distancias, la misma función que la de las *páginas negras* de Sterne, porque, en uno y otro caso, color luto aparte, nos están hablando de lo inevitable que resulta, con tanto párrafo entero oculto por la tinta más negra, no dudar de lo que vamos leyendo.

Palabras, palabras, que decía Hamlet para comentar que todo tiene una importancia mínima, irrelevante, y que demasiadas veces olvidamos que toda afirmación humana es necesariamente una conjetura. Y que todo a la larga será ilegible, añade el *ocupante*. Detesto su supuesta frase sabia y le replico, por el gusto de replicarle, diciéndole que sólo es legible el libro de lo incierto.

72

Adoro el libro de lo incierto, dice a trompicones el narrador refugiado, el bicho Denver del agujero estilo gruyer del suelo. Cuando se nota que podrían ser un eco directo del mundo Denver, muchas de las intervenciones del narrador son perturbadoras, como si yo recuperara una milésima —pero una milésima ya es mucho a fin de cuentas— parte de mi memoria de antes de haber estrechado la mano de Altobelli.

Pero, en esta ocasión, sus palabras han sonado razonables. Además, detrás de ellas, de esa referencia a lo incierto, y, teniendo en cuenta que *Tristram Shandy* es de lo que vengo ocupándome en los últimos minutos, descubro una buena causa para la reivindicación del *lector activo*, pues en *Tristram Shandy* se dialoga continuamente con el lector, abriendo un espacio para lectores *activos*, hoy tan diluidos en el tsunami de los lectores *pasivos*, que, de todos modos, ya existían en los años en que apareció el libro de Sterne. Lo demuestra esta declaración de principios del capítulo 6, donde el autor tiene en cuenta la posible deriva en la que, en cualquier momento, podrían caer los lectores, fueran activos o pasivos, aunque supongo que confiando en que los activos sean mayoría:

«Y si de vez en cuando parece que me entretengo por el camino, o que a veces, durante unos segundos y mientras pasábamos de largo, me pongo un cucurucho con un cascabel, no se esfume usted, sino más bien concédame cortésmente crédito y confíe en que en mí hay más sabiduría de la que muestran las apariencias; y a medida que avancemos, dando tumbos y a trompicones, bien ríase usted conmigo, bien hágalo usted de mí, o, en suma, haga lo que prefiera, pero no pierda usted nunca el humor».

73

Palabras, palabras, decía Hamlet. Es tal la desconfianza que tengo hacia ellas, sobre todo hacia las mías, que por eso prefiero de vez en cuando citar a los otros, a cuantos dicen lo que yo habría escrito de no ser porque ellos ya lo escribieron antes.

No sé, pero si a veces recurro a las citas y a las obsesiones de tantos grandes autores es buscando la posibilidad —demencial por supuesto, porque no parece a mi alcance— de que la gran literatura no acabe en nada, no acabe tan pronto como parece que tantos vienen presagiando.

¿O son en realidad estas buenas intenciones mías un intento de pasar por la Tierra habiendo realizado una labor edificante? Espero no desfondarme si descubro que he caído tan bajo.

74

Ha bastado que pensara en el lado turbador del narrador refugiado para que lo turbador en general me haya alcanzado de lleno, llegándome desde el lugar que menos habría deseado: desde la mismísima casa de Violet. No es algo que esperara, pero ha llegado en forma de e-mail, justo cuando ando alterado con la disparatada canción uruguaya que, iluminado por alguna extraña luz de Denver, canta en su refugio el tantas veces descentrado y en otras divertido narrador: «En bicho, bicho yo me convertí / Un cocodrilo soy / En bicho, bicho yo me convertí / Un cocodrilo soy».

Pues bien, justo cuando más pasmado me encontraba con la letra uruguaya, ha entrado el e-mail de Violet:

«Pero, mi bendito Vidal, es como si lo viera: no has tenido infancia, y eso te afecta a veces, porque no tienes ni un pequeño recuerdo implantado de los primeros años de tu vida. No has llegado ni a conocer la impaciencia para iniciar el curso y así poder leer y escribir seriamente. Acierto, ¿verdad?».

De la infancia me cuenta que tiene sólo un recuerdo implantado, pero es más que suficiente, dice, para no sentirse tan mal como seguramente me siento yo, que seguramente no tengo ninguno. Es un recuerdo, eso sí, de niña, y sucede en una oscura tarde de lluvia. Es de niña, de modo que no podré yo, dice con malicia, hacerlo mío.

Es un recuerdo irlandés o, mejor dicho, siempre ha estado convencida de que lo es, y no sólo por la lluvia, sino porque se veía Dublín, la bahía al fondo. Aunque bien mirado, acababa diciendo, llovía en él mucho más que en Irlanda en toda su historia, lo que la lleva a pensar que ni siquiera es un recuerdo irlandés, va más allá del espacio y el tiempo.

75

Cierro el correo y, nada más hacerlo, me entra otro de ella en el que me detalla en qué consiste ese recuerdo único de infancia que le implantaron. En él hay, dice, un paseo invernal en automóvil por una carretera de la costa. Tiene ella unos diez años. Bordean una costa inhóspita, siguiendo una «envidiable ruta panorámica», tal como irónicamente su madre le dice a su padre. Llueve y llueve y, en el asiento de atrás, la pobre Violet va de rodillas y mira por la ventanilla los coches que pasan por la carretera de la costa. En muchos de ellos, hay niñas como ella, taciturnas, de caras pálidas flotando en la ventanilla, mirándola con una desolación terrorífica.

«Ya ves, Vidal —concluye Violet—, tú no has tenido infancia, y yo sí, joder si la tuve, aunque la mía me fue implantada a base de ese recuerdo único en el que siempre llueve y en el que aparecen unos padres que veo y veo sabiendo que no son mis padres, un recuerdo triste que me dejó un Mal indefinido que ya desde muy pronto iba y venía en mí y que va y viene todavía. Es un Mal que no tiene arreglo, me hace transitar todo el rato de una tranquila demencia a la locura de la tristeza más inaudita. ¿Me entenderás si digo que la distancia entre las dos tendencias es la que hay entre *My Way* cantado por Sinatra o cantado por Sid Vicious?»

76

Simplemente me aterroriza que quiera inscribirme en cualquier agrupación de las que, fuera de control, pueda existir de los sobrevivientes Denver de Barcelona. O que busque algún tipo de cercanía y de intimidad que pudiera perjudicar lo único que en verdad deseo con todas mis fuerzas que se produzca: el regreso de mi amor, el regreso de Ryo a casa.

Claro que quizás lo que simplemente Violet ha querido decirme es que, aquel día, en aquel oscuro paraje de la costa, descubrió que su destino era vivir en una bella pero terrible tristeza de carretera perdida; un destino que no creo que difiera mucho del mío, aunque a mí va a tocarme cargar con la ausencia total de infancia, mientras que a ella, por implantado y triste que sea, siempre va a quedarle ese recuerdo —único, pero a fin de cuentas recuerdo— que con el tiempo puede que hasta le parezca verdadero.

Es probable que conteste más tarde a Violet, pero no ahora. Y es probable que, de hacerlo, trate de rebajar el dramatismo que tanto me causa no haber tenido infancia. Aunque, a decir verdad, hace ya rato que noto que ese dramatismo podría estar diluyéndose, tal vez sea porque leí ayer que en los humanos cada etapa de su evolución coexiste con todas las demás. Y eso querría decir que incluso cuando son adultos guardan un recuerdo inconsciente de su forma de percibir el mundo en la infancia.

—¿Y? —pregunta nervioso el *ocupante*, al parecer tan interesado o más que yo en lo que estoy pensando.

Acabo citándole de memoria algo que le oí decir en televisión al pintor Miquel Barceló: «En tu infancia lo aprendes todo, y eso dura hasta los diez o los once años. Después, aprendes otras cosas, pero de todas has de desaprenderte después».

Pausa.

Me dura todavía el eco de las palabras de Barceló cuando me pregunto por qué no pensar que, al haber yo aparecido robótico perdido en Barcelona, mi infancia —aunque aparentara veintidós años— se inició ese día de mi llegada. A partir de aquel día, estuve diez años «aprendiéndolo todo», sólo que instruyéndome en el mundo de las letras al ritmo más veloz que ha leído un niño nunca.

—Entiéndeme, querido narrador, he decidido o he visto con claridad que fui un niño extraordinariamente literario, y esa infancia que tantos verán anómala no la cambio por nada.

77

Percibo en el narrador una respiración fuerte, y una ansiedad e inquietud, incluso un miedo terrible a decirme algo que quiere y no quiere decirme.

Tengo que ayudarle.

—¿Algo más? —pregunto cordial, aunque temiendo que mi amabilidad acabe jugándome una mala pasada.

—No, nada. Estaba «haciendo números», calculando no sé qué, quizás perdido en fórmulas matemáticas, buscando números siameses, no sé.

Confirmo que hablamos en dos idiomas y dos matemáticas distintos, pero le protejo porque, sin él, me quedaría sin mí o, mejor dicho, sin la única posibilidad de llegar a conocer el oscuro mundo de mis orígenes.

Durante el silencio que sigue, me digo que cuando Ryo vuelva a vivir en casa, la puerta de mi dormitorio y la del suyo permanecerán abiertas día y noche. Para que el diablo se vaya o se quede.

Y luego, sabiendo que sabe lo que pienso, nada me frena cuando le digo al *ocupante* en voz alta, sin preámbulo alguno:

—El diablo del incesto, ¿comprendes?

Pero sigue un silencio y deduzco que me encuentro en uno de esos singulares momentos en los que me siento solo por unos instantes, algo que sólo sucede cuando su idioma y el mío difieren en algo y no conectan para nada.

Mejor que el *ocupante* no haya oído la palabra *diablo*, y menos aún —por la velada referencia al incesto— lo de unirse en un espacio de puertas abiertas. Pero es que, problemas con el idioma aparte, ¿qué puede, el refugiado narrador y miserable héroe del subsuelo, entender de esto? Lo lógico sería que el narrador, de algún modo, hubiera captado que he dejado caer la sombra, la posibilidad del incesto.

Salvando las insalvables distancias, se trata de la misma sombra que planeó sobre Robert Musil hacia el final de su obra inacabada, *El hombre sin atributos*, cuando experimentó y sopesó los pros y contras de un final incestuoso para Ulrich y Agathe. Con justa razón, lo disuadieron, según parece, la simpleza y el regusto novelesco de cualquier solución semejante. Después de todo, Ulrich y Agathe cohabitaban mucho más allá de la carne.

Parece que Musil buscó otros finales y ninguno le convencía. Una escena en plena Segunda Guerra Mundial no le pareció tampoco una solución correcta para poner el punto final a su novela, porque los horrores de la Primera Guerra Mundial no habían sido más que un capítulo *inconcluso* de la gran tragedia de Europa.

¿Cómo ponerle un final a algo si, entre otras cosas, como decía Musil, «el presente no es más que una hipótesis más allá de la cual no se ha ido todavía»? Es posible que haya algo misteriosamente correcto en esa imposibilidad de acabar *El hombre sin atributos*, el libro que seguramente mejor ha fusionado la filosofía entendida como ensayo con el arte de la novela. Pero el caso es que no lo pudo acabar, y no pudo por lo mismo que los más destacados autores del pasado siglo —Proust, Gadda, Kafka, Beckett— narraron todos en realidad cómo y por qué la historia que ellos quisieran narrar no puede ser realmente contada.

78

Recuérdese bien: en contra de lo que se piensa y que lleva a esa alegría de publicar todo tipo de narraciones, en el mundo ya no existe la simplicidad inherente al orden narrativo, ese simple orden que consiste en poder decir a veces: «Cuando hubo pasado aquello, pasó esto, y luego pasó lo otro, etc.».

Desde ya no sé cuándo nos ha tranquilizado la simple secuencia, la ilusoria sucesión de hechos. Sin embargo, hay una gran divergencia entre una placentera narración y la realidad brutal del mundo. «Todo se ha vuelto ahora no narrativo», decía Musil, frecuentador de un universo multidimensional, fragmentario, de un mundo sin posibilidades reales de acceder a un orden como el que acaso pudo alguna vez existir.

De ahí que Rilke escribiera en *Cuadernos de Malte* esa frase que tanto me chocó la primera vez que la leí: «Narrar, lo que se dice narrar, yo no he "oído nunca narrar a nadie"».

79

—¿Algo más? —le pregunto al minúsculo y ratonil, sabiondo y a ciertas horas aborregado narrador, mi *ocupante* y refugiado.

El caso es que no contesta y, por su parte, sigue un silencio nada natural, como de cólera que se percibe de fuera del mundo, y también muy contenida para poder pasar por una ira de este mundo. Contenida, sí. Me recuerda la lucidez que se manifiesta en el fragmento que de *El hombre sin atributos* elegí para el Canon. En él, primero se comenta que «esto y cosas semejantes comenzaban a verse entonces, y de alguna manera había que aceptarlas, como se aceptan y se reconocen los rascacielos y la electricidad». Y a continuación aparece Ulrich, del que se dice que estaba siempre dispuesto a amar todas las posturas de la vida, aunque no lograba nunca amarlas sin reservas, como lo exige el buen sentido social. Y es que «una sombra de disgusto, de desaliento y de desamparo se proyectaba hacía tiempo sobre todo lo que realizaba y experimentaba, una antipatía universal por la que jamás pudo encontrar la inclinación complementaria. En ocasiones tenía la impresión de haber nacido con atributos carentes, hoy en día, de validez».

80

Hay un «Pierre Menard, autor del *Quijote*» (el cuento de Borges) y hay un Mateo Menard, autor de un *remake* de *El hombre sin atributos*, la novela de Musil.

Mateo Menard (1975-2005) nació en Toledo y vivió gran parte de su vida en el barrio de Argüelles de Madrid. Autor de brillantes letras de música pop que, por su ambición, siempre quedaban sin terminar, traductor de Pierre Drieu La Rochelle y traficante de heroína. Siguiendo la evidente estela de Borges, publicó en 2003 *Mateo Menard, autor de El hombre sin atributos*. En él reproducía, sin cambiar nada y haciéndolas suyas, las partes primera y segunda del libro de Musil. Por tanto, hay que aceptarlo así, como una obra de Menard que lleva el mismo título que una obra de Musil, aceptar que son dos libros distintos del mismo modo que «se aceptan y se reconocen los rascacielos y la electricidad».

¿Y por qué un *remake* de *El hombre sin atributos* siendo un libro tan extenso y, además, inacabado? Parece que cuando se reeditó esta obra de Musil en Barcelona en enero de 2001, el joven Menard, que se había propuesto en aquellos días escribir un libro tan osado que acabaría con la narrativa más audaz del momento, leyó casualmente una nota crítica sobre el libro de Musil que le dejó fuera de juego. En ella, se decía que *El hombre sin atributos*, aunque publicada en los años treinta del siglo XX, era «la primera —quizás la única— gran novela del siglo XXI».

A Menard esa nota crítica le echó atrás en su proyecto, le desanimó, por decirlo de una forma suave. Entonces, como si aquella fatalidad ya viniera escrita en su propio apellido, Menard decidió componer el sufrido, por fatigoso, *remake*. Acometió la laboriosa reescritura del libro de Musil como una venganza que valdría la pena si, con el tiempo, *Mateo Menard, autor de El hombre sin atributos* era considerada como «la primera —quizás la única— gran novela del siglo XXI verdaderamente cargante a la hora de reescribirla y ya no digamos de releerla».

81

Me pregunto cómo será para Ryo volver a habitar un dormitorio que durante su ausencia ha sido una biblioteca ligera de cámara oscura al servicio de un Canon.

Anne Carson, en «Salvajemente constante», parece responder con este poema:

«¿Cómo sería
vivir en una biblioteca
de libros derretidos?
Con frases corriendo sobre el suelo
y toda la puntuación
asentada en el fondo como residuo.

Sería confuso.
Imperdonable.
Una gran aventura».

82

El libro que el martes viajó de la oscuridad a la luz del ventanal fue *Maupassant y «el otro»*, ensayo de Alberto Savinio, el genial hermano del pintor Giorgio de Chirico. Más que un ensayo, una suerte de ensayo narrativo irreverente sobre el escritor francés que, al final de sus días, escribió al papa León XIII sugiriéndole la construcción de tumbas de lujo. Proponía en su carta al Vaticano que hubiera corrientes de agua, frías y calientes, en el interior de esos panteones. Corrientes que lavaran y conservaran los cuerpos, mientras que ventanillas abiertas en lo alto de los mausoleos permitieran conversar con los difuntos.

Se convirtió, en sus días últimos, en un loco que pedía una camisa de fuerza y en un caso más de escandaloso desperdicio de la inteligencia que los dioses le habían otorgado. Y todo por haberse visto dominado por la presencia de un *ocupante* de su mente al que Alberto Savinio llama *inquilino negro*.

La sombra de este libro sobre Maupassant se ha ido revelando, con los días, más alargada de lo que pude prever cuando el martes lo rescaté de la biblioteca ligera del cuarto oscuro. Y de forma contundente cobró ya rotunda vida anoche cuando Violet se enredó con las llaves de la gran puerta de hierro de su inmueble y, como si intuyera que podía estar pasándome a mí algo parecido, confesó que a veces se sentía al servicio de una *oscura ocupante*. Parece razonable pensar que una de las características de los Denver sobrevivientes sea albergar un *inquilino negro*, una zona que, aun perdiendo fuerza últimamente, sobrevive en la mente del antiguo androide.

Y también razonable pensar que, como quien no quiere, el Canon esté moldeando la trama de mi vida. Pero esto no debería sorprenderme, ya han pasado algunos años de cuando leí algo de Altobelli acerca de esto: «Uno escribe su vida cuando cree escribir sus lecturas. ¿No es a la inversa del *Quijote*?».

Así lo parece, tanto como que yo, seleccionador de fragmentos para mi Canon desplazado, voy encontrando mi vida en esos fragmentos, y viceversa.

83

Me quedo pensando en ese momento en el que el genial hermano de Giorgio de Chirico nos dice que «nace en Maupassant otro Maupassant» y, acto seguido, cuenta que el parecido entre uno y *el otro* es como el que puede darse entre una ciudad a oscuras y una muy iluminada, o el que puede darse entre un hombre enterrado y uno que está vivo y navega en alta mar.

Y aquí añadiría: entre un topo y un águila. ¿Y no recuerda el topo al refugiado, al narrador del subsuelo que debe de estar ahora leyendo esto? ¿Y no ando yo por lo alto del gabinete, a veces con la sensación de ser como la desquiciada águila que vi una vez en un documental sobre zoológicos de antaño: una gigantesca águila enjaulada como si fuera un periquito, incansable en su repetido intento inútil de levantar el vuelo?

La relación del águila y el topo es la que parece que imitaron a veces Flaubert y Maupassant. Una relación semejante a la de un padre con su hijo, o a la de un navegante en alta mar y un pobre enterrado en vida con su *inquilino negro*. Y aquí me detengo, porque intuyo que de las relaciones de papá Flaubert con su *hijo adoptivo* Maupassant podrían hacer que nacieran en mí extrañas derivaciones que me señalarían qué grande y sorprendente *ensayo narrativo* podría emerger de esa historia.

He tenido un momento de ensueño, un raro estado del alma, porque la Tierra se detiene y por un momento entra en territorio Denver, aunque la única forma de entrar en él sea simplemente no perder la conexión con el *ocupante*.

Y, al salir del ensueño, me he alegrado al ver que el *ensayo narrativo* era un trabajo de gigante que ya estaba escrito y, además, incidía directamente en mi vida. ¿O ese trabajo de gigante no era *Maupassant y «el otro»*, de Alberto Savinio?

84

Aunque mi *ocupante* particular me impida determinar dónde acaba él y comienzo yo, tengo claro que, si inicio algo, jamás estoy seguro de poder llevarlo a buen puerto, porque enseguida podría interferir el narrador refugiado. Ahora mismo, por ejemplo, reflexionaba sobre sus obstrucciones cuando me ha interrumpido con algo que podría haberse ahorrado, porque ha querido saber si soy consciente de que fragmentos de los fragmentos de libros que he ido eligiendo para el Canon han ido enlazándose, algunos como si fueran clandestinos, con sucesos, banales o no, de mi vida.

Es como si hubiera descubierto América y no le digo nada. Pero poco después le hago saber que hay casos en mi Canon de lo que suele llamarse «plagios por anticipación». Uno sería el de *El arte del saber ligero*, de Xavier Nueno. Ya entró en el Canon el domingo pasado, estaba entre los diecisiete libros de la cámara oscura que no pertenecieron a Altobelli.

Al libro de Xavier Nueno se le puede calificar de sorprendente «precursor» de mi biblioteca ligera de cuarto oscuro. Trata de las transformaciones en el arte del saber y, en el fragmento que he seleccionado, recomienda que no nos dejemos llevar por el afán de aumentar nuestra biblioteca, sino por lo contrario: por el de aligerarla.

En esa página de Nueno que he elegido —fragmento esencial en el que hasta parece consciente de ser el increíble precursor de algo que todavía no existe, este Canon— brilla una cita de Michel de Montaigne, que en sus *Ensayos* decía pasar el mínimo tiempo posible en su biblioteca y, sin embargo, escribió una de las síntesis más formidables de la literatura clásica.

De esa gran reducción de biblioteca que fueron sus imprescindibles *Ensayos* (consultar la ficha del quinto día del Canon) se puede llegar a la conclusión, dice Nueno, de que un libro es siempre un intento de reducir una biblioteca, de hacer innecesarios todos los libros que uno ha leído para llevarlo a cabo.

Eso nos permitiría, sugiere el precursor de mi Canon desplazado, llegar a la paradoja de que la única razón legítima por la que escribimos es porque hay demasiados libros.

85

Fue María Negroni quien en su texto «Cuéntame tu vida» me reveló la existencia de la obra de Anne Carson. Algunos libros de las dos los sitúo en una hipotética pequeña biblioteca, que imagino que podría ayudarme Ryo a montar un día en casa: una biblioteca de libros relacionados con el mundo de las «formas breves» del que hablara Italo Calvino en un fragmento que sentí especialmente cercano de *Seis propuestas para el próximo milenio*. Es un fragmento (en el Canon desde el decimoprimer día) del que mentalmente no me he separado desde que lo encontrara en la biblioteca de Altobelli.

En él, se habla de «la riqueza de las formas breves, con lo que ellas presuponen como estilo y como densidad de contenidos. Pienso en el Paul Valéry de *Monsieur Teste* y de muchos de sus ensayos, en los pequeños poemas en prosa sobre los objetos de Francis Ponge, en las exploraciones de sí mismo y del propio lenguaje de Michel Leiris...».

Y añadiría por mi cuenta *La última frase*, de Camila Cañeque; *Alguien lo hizo*, de Esteban Feune de

Colombi; *Por qué Georges Perec*, de Kim Nguyen; *5 narraciones y 2 fábulas*, de Juan Benet (ahí se encuentra el cuento «Catálisis»); *Sur Plusieurs Beaux Sujets*, de Wallace Stevens; *Los brotes negros*, de Eloy Fernández Porta; *Flota*, de Anne Carson; *Diario de signos*, de Cristóbal Serra, *Cómo ordenar una biblioteca*, de Roberto Calasso...

86

De Anne Carson, virtuosa de las formas breves, elijo *Flota*, la formidable caja-libro que entró a última hora en la biblioteca de cámara oscura. Dentro de la caja-libro está el texto «Eras de Yves Klein», publicado en forma de separata y que, a simple vista, es un inventario de setenta y nueve frases breves (todas comienzan con el sintagma «La era de...») que registran hechos, momentos, en la vida de ese artista emblemático del siglo pasado que fue Yves Klein.

Y, sin embargo, como advertía María Negroni en su texto de introducción, estamos lejos de una intención biográfica. A Carson le interesa otra cosa. Se diría que pone toda su batería de recursos al servicio de un desmoronamiento, siendo, dice Negroni, el género *biografía* lo que en realidad se desmorona: «Las pistas falsas, el humor que siempre trabaja como un ácido, la mezcla incongruente de informaciones *serias* y datos *banales* genera en la lectura el convencimiento último de lo absurdo de cualquier vida humana».

Parodiando el índice de lo que podría pasar por una biografía de Yves Klein, van cayendo los títulos de las diferentes eras, de las diferentes épocas por las que habría atravesado la vida absurda del artista Klein, cuyo retrato de artista del siglo pasado es intervenido por Carson con una piadosa crueldad implacable. Un fragmento de la lista de eras, de épocas que *Flota* logra que floten por nuestro asombrado mundo lector:

«La era de eludir las problemáticas del arte

La era de domesticar al astuto ego

La era de la insana necesidad de ser admirado

La era de las múltiples voces que zumban en el interior de uno

La era de hacer un mito de sí mismo

La era de las inyecciones de calcio y las anfetaminas

La era de escribir con la mano izquierda

La era de ser consentido por la tía Rosa

La era del lienzo bajo la lluvia

La era de perder el equilibrio interior

La era de ser considerado paranoico por los amigos

La era de un joven imitador de Klein en Japón que salta por una ventana y muere».

87

«Tienes que leer mil quinientos libros para poder escribir uno.

Fue la manera de decirlo de Flaubert.»

(David Markson, *La última novela*)

88

El libro que el miércoles pasado viajó de la oscuridad a la luz del ventanal fue *Mirabiblia. Catalogo ragionato di libri introvabili*. Fui directo a la nota que los creadores de esa antología italiana dedican a *Los espárragos y la inmortalidad del alma*, de Andrea Cebolino: «En este volumen, el autor explica en primera persona, con una extraordinaria competencia, su pasión por los espárragos».

Gran libro el *Catalogo*, *cargado* de obras maestras que en su mayoría no existen, pero que fueron citadas en libros reales. Por ejemplo, en *Supercherías literarias*, de Jean-François Jeandillou (Ginebra, 2001); *La literatura nazi en América*, de Roberto Bolaño (Barcelona, 1999); *Imaginary Books and Libraries*, de John Webster Spargo (Chicago, 1952) y *El canon incidental*, de Jota Bloomsday.

La verdad es que si uno, como hice yo en su momento, se lee entero el *Catalogo*, aparte de que pueda resultarle descacharrante, tendrá derecho a pensar que ha leído una de las grandes cimas de la literatura universal burlesca.

Conservo todavía el recuerdo del momento en el que di con *De Nasis*, de Hafen Slawkenbergius (Londres, Letters Yorick, 1761), brillantísimo tratado sobre las narices: obra única del docto y gran autor alemán, escrita porque, a su juicio, el tema de las napias había sido demasiado superficialmente tratado por los autores que le habían precedido. El libro es citado en *Tristram Shandy*, donde se dedican páginas al tema de las narices en alusiones a los penes. Y quizás por eso quise creer que ese tratado de Hafen Slawkenbergius existía, pues las ganas que tenía de encontrarlo eran máximas.

89

Un fuerte estruendo me advierte de que al narrador no estarían rodeándolo sólo insectos, sino una descomunal y desagradable Napia en forma de Gran

Animal, no una fiera imposible, por supuesto, pero, aun así, una fiera *inconcebiblemente* peligrosa, eso seguro, a pesar de que no podamos imaginarla.

—Vete, corre, escapa —me dice el propio *ocupante* en un insólito, casi increíble gesto de compasión hacia mí, que forzosamente lo es también hacia él.

Me levanto y doy un instintivo salto, como si pretendiera alcanzar el techo y diera por supuesto que, entre los beneficios del brinco, estaría quedar fuera de las garras del Gran Animal. Con el salto me olvido del narrador y, cuando vuelvo a buscarlo y lo encuentro, me da lástima porque mi salto no entra dentro de sus posibilidades, por lo que deduzco que deberá resignarse a maldecir lo que está condenado a ver: lo conocido y previsible. Y aun suponiendo que tuviera la extraordinaria fortuna de que, un día, algo o alguien le permitiera iniciarse en el salto, era obvio que jamás podría llegar a ser una Napia descomunal, un tipo de bestia que exige una réplica totalmente *inconcebible*.

Podía, pues, aspirar a saltar, pero, de momento, a ras de suelo, ya es mucho lo que es, por pequeño que sea: un bicho indescifrable, escarabajo con alas, o quizás un saltamontes clonado.

Por lo que percibo, se mantiene ahora en su hueco extrañamente quieto. Pero eso no dura demasiado porque, de pronto, le da por imitar mi reciente salto y por muy poco no sale disparado del gabinete.

—Vete, corre, vete, es tu momento de renunciar a narrar, y no te preocupes ya de nada, piensa que ya me ocupo de todo, de lo tuyo, de lo mío, de las dos Napias —le grito, como queriendo perderlo de vista y, aunque me pueda perjudicar, tratar de afirmarme yo un poco más como humano.

No es siempre fácil la convivencia en un gabinete tan reducido y más teniendo que soportar con calma que a uno le imiten. Porque me veo obligado no sólo a convivir, sino también a prestar atención a cualquier ruido, movimiento, hasta pensamiento que se cruce con alguno de los míos. El último de esos pensamientos me ha dejado a los pies de una frase de *La amante de Wittgenstein*.

«Cuando Gertrude Stein conoció a Alfred North Whitehead, dijo que en su cabeza había sonado una campanita informándola de que era un genio.»

Alguien podría preguntarse ahora quién fue Alfred North Whitehead. Yo no lo sé, por eso me llamó la atención la frase.

El narrador, elevándose mínimamente en el subsuelo, pero logrando sentirse por encima de los bichos y demás alimañas que lo rodean, dice haber consultado la Wikipedia por su cuenta —asegura tener una Wikipedia a ras de suelo— y haber encontrado una frase de Alfred North Whitehead, reputado filósofo inglés: «Desde los primeros pasos de su educación, el niño debe experimentar *el placer del descubrimiento*».

No me molesta la referencia a la infancia; al contrario: me he quedado pensando en los placeres vividos «de niño» al descubrir tantos libros, no los casi mil quinientos que decía Flaubert que había que leer para poder escribir uno, pero muchos, sí: decepciones y entusiasmos. Toda «una infancia de lector» que mi Canon sintetiza recuperándola.

90

Más que descubrimiento, ha sido un redescubrimiento y se llama Kate.

Es la narradora de *La amante de Wittgenstein*, la que en una casa en la playa escribe una serie de recuerdos y reflexiones que sabe que nadie leerá, pues ella es el último ser humano que queda en la Tierra. Convencida de esto y, habiéndose convertido en ausentes todos los demás seres del mundo, dueña de una libertad total, se sirve de lo almacenado en su cabeza para escribir con la alegre conciencia de quien cree ser «la última en hablar».

«Al principio, a veces, yo dejaba mensajes en la calle.

Hay alguien viviendo en el Louvre, decían algunos de los mensajes. O en la National Gallery.

Por supuesto, únicamente podían decir eso cuando yo estaba en París o en Londres. Hay alguien viviendo en el Metropolitan, dirían esos mensajes cuando yo todavía estaba en Nueva York.

Nadie vino, y al final paré de dejar los mensajes.»

91

Si estuviera aquí Altobelli, no me extrañaría que, tras leer que Kate dejaba mensajes, hubiera querido hablar de aquel día en París cuando, junto con Francisco Casavella y José Luis Guerín, vieron pasar, por delante de la terraza de un bar, a Leopoldo María Panero, que, provisto de clavos y martillos, iba colgando en los árboles del Barrio Latino una cuartilla escrita a máquina, un posible panfleto. Se acercó Guerín al árbol más cercano a la terraza y leyó este titular:

FRANCESES: DESCONFIAD DE LACAN

92

—Vete, corre, escapa, vuelve, no corras, no te vayas, quédate.

Todo son órdenes contradictorias, como si abajo, un coro de alimañas quisiera aconsejarme lo que tendría que hacer ahora mismo:

—Corre, corre, Conejo.

Ya es el colmo. Conejo. Que me llamen así no tendría que dejarlo pasar. Pero cuento hasta diez, como si contara ovejas eléctricas de las que le deben de gustar al refugiado narrador, y el enfado se va borrando. Detesto enojarme, y más con palabras que sé que van a la deriva y que sólo pueden provenir del *ocupante* y narrador refugiado, al que ahora noto vivamente alterado ante la posibilidad —quizás con tantos conejos en su cabeza no la haya previsto— de que acabe haciéndole caso y huya del gabinete como un conejo, dejándole a él a la espera de lo que más teme: la aparición devoradora de una Napia *inconcebible.*

93

Pero ¿qué hago todavía aquí, atornillado a mi escritorio?

Me pongo de pie y provoco el inmediato temor de

mi querido narrador o bicho del subsuelo, su miedo a que deje vacío el gabinete. Seguro que ante la posibilidad de quedarse sin mi protección y compañía, sin mi amparo de Auctor, está planeando irse conmigo, lo que, en realidad, no es necesario: haga lo que haga, incluso si me diera por irme a la luna, o fuera del espacio y del tiempo, las posibilidades de que él siguiera conmigo serían muy grandes. De hecho, sería preocupante para mí si un día esto no fuera ya posible, porque significaría que habría perdido todo contacto con la aparentemente residual (quizás por su vivienda en el agujero), pero esencial, Parte Denver, y habría quedado a merced de una sola muerte, la de aquí. Y recuérdese que K habló de centrarse en lo esencial, en la búsqueda de una justificación posible de la vida humana, justificación que él encontró «en no desarrollar otra cosa aquí, en el mundo, que nuestro potencial espiritual».

Me rebelo contra la fatiga y dejo el gabinete, enfilo el pasillo, voy hasta la puerta y salgo de casa. Salgo con la idea de tan sólo simular que salgo para después, quién sabe si con el narrador descentrado o simplemente mareado, volver a entrar.

Salgo y me concentro en poner con deliberada firmeza los pies en el rellano y hago como si fuera a llamar al ascensor para ir a la calle. Y al final no sólo simulo que voy a llamarlo, sino que llamo realmente al ascensor. Y cuando llega el calamitoso montacargas (porque en realidad no llega a ser ni ascensor), noto que me estoy olvidando de algo, aunque no sé qué o de quién. ¿De qué me olvido si no pienso todavía marcharme y mis últimos movimientos han sido tan sólo un simulacro de salida?

Todavía no sé qué he olvidado, pero ya estoy de nuevo dentro de casa.

—¿No será que te olvidas de Alfred North Whitehead? —dice el narrador, al que está claro que no he conseguido marear.

Pausa.

Es el móvil. El objeto que curiosamente más se olvidan quienes más piensan todo el día en él. No está a la vista ni en el dormitorio, ni en el gabinete ni junto al ventanal. Juraría que está debajo de mi ejemplar de *Condenada belleza del mundo*, el último relato que escribiera Luis Martín-Santos antes de su mortal accidente en los años sesenta. Se publicó hace unos meses y lo habría situado en la sala de espera del Canon de no ser porque en ella estaba ya su obra maestra, *Tiempo de silencio* (que salió de la sala, al tercer día, muy pronto, como si le urgiera resucitar).

Miro si debajo de *Condenada belleza del mundo* se encuentra el móvil. Estaba convencido de que lo estaría, pero no. Al relato póstumo le doy un nuevo vistazo, releo las primeras líneas porque se parecen bastante a mi recurrente recuerdo del monótono erial que se desmaya sobre el mar: «Condenada belleza del mundo: piedras secas, aldeas olvidadas, olivos retorcidos, villas implantadas en esa *tierra estéril que se descuelga hasta el mar*».

Estoy esperando a que el *ocupante* no pueda frenar sus ansias de intervenir y, en su torpe afán de que le considere ingenioso, diga cualquier tontería sobre lo baldío, por ejemplo, y sobre los ríos que van a dar en la mar, que es el morir. Pero no, el *ocupante* está dormido, o en huelga, y nada dice, nada se le oye, ni palabra, tal vez recibe insondables consignas denverianas.

Pausa.

Y con la tranquilidad de saber que, por una vez, no voy a ser interrumpido, busco algo para decir entre líneas, entre las frases que componen la trama de *La última novela*, de Markson. Al azar, como si estuviera maniobrando dentro de la cámara oscura, abro el libro y encuentro una frase que convierte en innecesario que busque otra, porque de algún modo dice la verdad sobre la situación que estoy viviendo:

«Es más tarde de lo que piensas, escribió Baudelaire en la esfera de su reloj, tras romper las dos manecillas».

Es verdad. Es más tarde de lo que creo.

—Salvo que no exista el tiempo —interviene el *ocupante*.

Voy a lo mío, y a mi tiempo. Intuyo que olvidé el móvil en la cocina y allí lo encuentro, junto a la radio portátil, que parece que esté encendida, pero sólo lo parece. Siempre pienso en Ryo cuando veo esa radio, la compró ella, la escuchaba mucho. Hoy hasta me ha parecido que ya estaba Ryo en casa. Esa radio ha estado ahí siempre esperándola.

—Huye, huye, huye —me digo a mí mismo.

Me dirijo a la puerta.

—Conejo.

Lo oigo y sonrío, casi no me lo puedo creer. No hay duda, el narrador va conmigo, pero también diría que su inteligencia da muestras de flojear.

94

No culpo al magnetismo del escritorio, pero, justo al disponerme a abrir la puerta, entiendo que no me quedaré tranquilo si no pruebo aquello a lo que he renunciado hace un momento: a escribir frases entre líneas del Markson de *La última novela* y así confirmo que ese ejercicio específicamente marksoniano es lo que viene haciéndome sentir mejor desde esta mañana.

No nacer es mucho mejor, escribió Sófocles.

Primera consigna: no ceder nunca.

Segunda: alimenta cada día a los propios enemigos, a los cucos y búhos, a los asnos, simios y perros.

¡Por última vez Psicología!

¡Que siga sonando Paul Thin!

95

Sigue sonando Paul Thin. En mi cabeza, pero como si viniera de la radio: «Me quedaré. Y, cuando se acabe el tiempo, volveré cuando no quede nadie».

Se cruza con otra línea de Markson que reescribo: «Cuando Hölderlin hablaba consigo mismo, con frecuencia parecía un diálogo entre dos personalidades extraordinariamente diferentes».

Interviene el *ocupante* para, con un bronco hilo de voz (de acabar de despertarse), decir que ni él, ni yo, somos «personalidades», de modo que no le parece que la frase de Markson le (nos) ataña.

Y yo pienso, en cambio, que, por ejemplo, esta pregunta «¿Se habrá despertado al sentirse aludido el *ocupante*?» pasaría —aunque para nada lo sea— por ser una línea muy reconocible de los libros de Markson de su última etapa.

Y justo al pensarlo suena la notificación de un e-mail. Es Ryo. En lugar de que se pare el mundo, me preocupo sobre todo por no llegar tarde a la cita de la enfermería. Es mi modo de darle aún más expectativas al e-mail de Ryo. Pero, dado que el orden de lo simultáneo, como decía Chejfec, es insondable, opto por responder al narrador refugiado que ha dicho que ni él, ni yo, somos «personalidades». Por toda respuesta, le pido que repare en lo que se han ido convirtiendo en los últimos tiempos los narradores que, como él, no tienen la imaginación de los de antes y por eso se han transformado en mosquitos, gusanos, bichos y escarabajos, arañas granaínas, miserables larvas, cocos vacíos, cigalas, y musarañas taradas y retardadas.

Es interrumpida la tragicómica letanía por un leve, pero, en el fondo, gran llanto.

Lágrimas Denver.

96

Ryo juega a ser Espronceda en su inesperadísimo correo, el primero en mucho tiempo, más de un año:

«Con dos trabucos por banda, viento en popa a toda vela, no corta el mar, sino vuela, tu hija desde Berna. Nada espero tanto como que tú, querido padre sin padres, me acojas en tu casa, ahora que Fritz está ya como una chota».

Lo ha logrado, pienso, ha sabido enloquecer al patán. Quiero pensar que, con una sudorosa y muy trabajada estrategia, ha ido palmo a palmo conquistando de nuevo su libertad y machacando al impresentable. Le habrá ayudado también a esto, imagino, su Mal indefinido.

En la posdata —como quien no dice nada— anuncia que llega mañana a media tarde en vuelo desde Ginebra.

Dejo para después preguntarle qué clase de locura se ha apoderado de Fritz. Y doy preferencia a llamar cuanto antes a Teresa para que, tal como tenemos planeado desde hace tiempo, me ayude mañana a cambiarlo todo y lograr que aquello que desfigura lo que fuera la luminosa habitación propia de Ryo vaya a parar al cuarto trastero. Y que el cuarto de siempre de Ryo vuelva a ser lo que fue: una habitación sin biblioteca ni oscuridad, con su cómoda cama de siempre y, sobre todo, bien iluminada.

A la ceremonia matinal del Canon no han de afectarle los cambios en el interior de la casa. Porque nada va a cambiar demasiado. Los treinta y seis libros que aún dependen del azar para ir al ventanal y después al Canon se limitarán a entrar en el cuarto trastero en el que descansan los ya canonizados y con los que no es necesario que confraternicen todavía.

97

Finalmente, cuando ya he quedado para mañana con Teresa, le pido a Ryo que me explique, cuanto antes, lo de Fritz y la camisa de fuerza, si es que hay tal camisa de fuerza. Debería llamarla directamente al móvil, pero sigo cauto, la intuición me dice que podría estropearlo todo. Le envío un whatsapp, calculando muy bien las palabras. Y sobre la camisa de fuerza, Ryo dice:

«No me creerás si te digo que Fritz, que nunca tuvo demasiado de loco y sí más bien de muermo, me dijo, de un día para el otro, haber descubierto la verdadera naturaleza de las *demonias*. De qué demonias hablas, pregunté. De ti misma, por ejemplo. Eso respondió. Y no me sorprendió demasiado porque estaba viéndolo venir hacía días, pero sus palabras y su mirada de odio me lo confirmaron: había perdido la chaveta».

¿Era suficiente esto para ponerle una camisa de fuerza? Ryo dice que no, pero que no tardó en ver cómo la vista de su exmarido (lo llama así con inquina) se volvía prodigiosa, lo comprobó cuando Fritz le dijo ver un hormiguear de insectos que le lanzaban a gran distancia chorros de morfina. Y muy pocas horas después, tras dar vueltas a gatas por su cuarto, él mismo llamaba a Rita, su asistenta, para que le trajera la camisa de fuerza. La llamó como quien pide otra cerveza: «Rita, la camisa».

Pobre Fritz, pienso, ya sólo le ha faltado escribirle una carta al papa argentino sugiriéndole la construcción de tumbas de lujo. No quiero ni pensar en lo que haya podido hacerle Ryo. Porque ella sabe ser dulce cuando quiere, pero la domina a veces el Mal indefinido, el gen heredado.

98

El martes, mientras buscaba un fragmento del ejemplar de *Maupassant y «el otro»* recién rescatado de la cámara oscura, hallé una carta que a Altobelli, en el siglo pasado, le había llegado de Italia y en la que su amigo Gennaro Serio le había transcrito un poema del gran Guido Ceronetti, cuyo tema central era la oscuridad, algo que con paradójica claridad deduje de los últimos versos: «*Specchiati informi dal nostro ignoto / Continua estatica società, / Benedici l'oscurità*».

En esa tendencia a *bendecir la oscuridad* me pareció entrever una señal, una pista sobre un probable y remoto origen de la luminosa idea de biblioteca de cuarto oscuro que me transmitiera Altobelli. Creo que andaba necesitado de un cierto equilibrio y, por tanto, de hallar como fuera un origen digno a mi Canon, lo que, dentro de todo, podía suavizar el problema que venía arrastrando por no tener yo mismo un origen definido, un país o una cofradía, o un lugar al que pertenecer, con todo lo que esto tenía de problemático. Y pensé que si me obligaran a sintetizarlo, sabría ir directo al núcleo central del problema:

Dolor eterno por una madre que no está.

99

Por haberse posesionado de mí, detesto la condición humana. La maldigo porque, además, es rasa y nada tiene de extrema.

Por eso creo que, por haberme embarrado tanto, ya sólo me queda Ryo, con su Mal indefinido, tan próximo al mío. Me queda un obsesivo amor por ella que apuntala la construcción definitiva de mi alma. Y una madre que nunca nació, a la que busco por los cementerios de la Tierra.

100

Me calma pensar que para Ryo, en cambio, ha sido siempre otro el núcleo central del problema. Porque amor materno no le ha faltado. Lo que fue tremendo para ella, a causa de mi imperdonable descuido, fue el retraso a la hora de explicarle que no sólo no tendría nunca nada que decirle de sus abuelos paternos, sino que yo, su pobre y miserable padre, nunca podría decirle quiénes habían sido éstos debido a que nunca habían sido, nunca habían existido, nunca.

—No eran, no fueron, no son, no existen —le dije, sin tan siquiera apiadarme de ella, porque sabía que, en el fondo, que fuera a sentirse sola en el mundo conmigo iba a beneficiarme.

La inconstante tendencia a la ira (siempre justa, debo decirlo) de Ryo nació de ahí, estoy seguro, nació de ese momento en el que supo que su padre no sabía de dónde venía. Me llegó a agarrar por el cuello, instigándome a que se lo dijera. De ahí que, obligado por el muy desatado furor de Ryo aquel día, acabé diciéndole que yo era nativo de Boulder Corporation.

Un lugar, dije, del que no quedaba ni rastro, lo que —con ese banal argumento traté en vano de animarla a ella también— me daba la felicidad de sentirme apátrida.

Me acuerdo mejor que nunca de aquel día, porque

fue también la primera vez que mi problema de fondo, en general tan grave —dolor por la ausencia de madre, de padre, y de casi todo rastro de mi origen—, me hizo reír. Solté una carcajada, como si la misma atmósfera de asfixia me hubiera advertido de que sólo una risa a tiempo podía salvarme.

Tras aquella explosión de humor devastado, traté de convencer a Ryo de lo bien que se habían portado con ella sus entrañables abuelos japoneses, los padres de Aiko, ese matrimonio, dije, tan de verdad, aunque parecían salidos de la poética de lo cotidiano del cine de Yasujirō Ozu; ese matrimonio que había sabido con tanta bondad moderar la justificada furia de su pequeña nieta.

—Pero su agresividad —interviene el *ocupante*— no viene de aquel contratiempo tan fútil de no saber en qué laboratorio había sido fabricado su padre.

Hago como que no he oído nada. Me salva esa indiferencia y mi convicción de que, sin haber descifrado del todo el poema italiano, puede entreverse en él, en su poética sobre la profunda oscuridad del mundo, un muy digno origen del Canon de cámara oscura.

Entrever nuestro verdadero origen. Cómo se contentarían muchos de, aunque fuera por una grieta mínima, poder entrever una milésima parte del lugar del que realmente proceden.

«Hasta que no se sabe todo, no se sabe nada, razón por la cual nunca llegamos a saber nada», decía Herman Melville en *Redburn*, cita que está en *Fricciones*, libro de Pablo Martín Sánchez, conectado con el mundo inteligente y alegremente artificial del Oulipo, del taller francés de «literatura potencial», y a la espera de entrar en el Canon.

101

El magnetismo del escritorio influye en que me esté quedando en casa como si, al igual que el narrador, tuviera necesidad de refugiarme.

Ya debería haber salido, me espera la enfermería del CAP y, si salgo con vida de ella, desplazarme caminando al sur de la ciudad a volver a ver el film japonés de Wenders, a volver a verlo como si se tratara de un homenaje a Ozu y de paso a los abuelos maravillosamente sencillos de Ryo.

No es tan raro ese magnetismo, lo conocen muchos escritores. Algunos, como John Banville, han hablado directamente de él: «Si no estoy en mi escritorio, me siento vacío, como si fuera una piel despellejada, sin huesos». Y dice también Banville que envidia el fin de semana del oficinista, tal vez porque se imagina que deben de ser un lujo dos días enteros de libertad. Y, sin embargo, dice, el fin de semana, para él, es «una tortura de aburrimiento, de frustración, porque, además, tengo que emprender el amargo esfuerzo de pasar por un ser humano».

«Pasar por un ser humano» parece sintetizar aquello a lo que más me dedico, lo que también encuentro resumido en un párrafo de *Imposturas* (*Shroud*), el libro de Banville que más siento que me atañe y que descansa en el Canon desde el séptimo día:

«Yo me había convertido en un experto en fingir gran erudición acerca de una amplia variedad de temas mediante el diestro empleo de ciertos conceptos clave, espigados de la obra de otros, pero a los que sabía dar un sesgo personal».

102

El magnetismo del escritorio que provoca que uno empiece casi con una serie de círculos, mientras va dando vueltas en torno al hecho esencial (e inevitable) de la página en blanco, así como a la intuición, que no tarda en convertirse en seguridad, de que no hay una forma correcta de expresar algo con precisión, pues las combinaciones posibles de palabras en una frase son infinitas. Martin Amis ya decía que cada página de prosa era el resultado de un par de miles de errores. Si uno se los quiere evitar —y esto lo digo yo—, lo mejor que puede hacer es abrir de nuevo la puerta de casa y plantarse por fin en la calle para dar un paseo hasta la enfermería del CAP, en la que no debo perder de vista que he de ser puntual. Es curioso, pero el magnetismo del escritorio tiene estas cosas: le lleva a uno a escribir que ha de darse prisa si quiere que le quiten los seis puntos de una intervención en la espalda. ¿Pertenecen al mundo de la escritura esos seis puntos?

Es curioso, sí, pero si no salgo pronto a la calle, puedo acabar loco como el pobre Fritz o, mejor dicho, convertido en mi propio escritorio: uno con forma de reloj suizo y sin minuteros.

Sí, puedo acabar volviéndome loco.

Veamos, me digo, puede que sea yo un escritorio, pero no sé verme como tal. Tal vez sea un mueble que, cuando está solo, narra la historia de una cucaracha llamada Gregor Samsa que soñaba que era una cucaracha llamada K que soñaba que era un escritor que escribía acerca de un empleado llamado Gregor Samsa que soñaba que era una cucaracha.

Un momento, ¿cómo puedo estar tan fuera de mí?

—Que te des prisa no es algo que alguien te exija —interviene el *ocupante*, de pronto simulando querer auxiliarme, pero más invasivo, más activo, dispuesto a conquistar mi pensamiento, en realidad dispuesto a contribuir a que me vuelva aún más loco. Es como si se hubiera puesto en marcha para tratar de ampliar en mi cerebro su zona de influencia Denver.

Todo me lleva a pensar que, en efecto, intenta expansionarse. Porque ahora me habla —espero que no sean las últimas líneas que escribo como Auctor— de unas palabras que dice que no sabe de qué libro de Markson son:

«Sin demasiada acción, es así como quiere el Autor que sean las cosas, es decir, sin demasiada sucesión de hechos, sin que se indique el paso del tiempo, y que así y todo lleguemos a algún lado».

—Es probable que ahí quien hable sea Kate, son palabras de *La amante de Wittgenstein* —le digo.

—Llegaremos a algún lado, sólo esto quería decirte.

Y no quiero entender a dónde quiere llegar, pero sí que ya va siendo hora de irse, de dejar el domicilio por un rato, pisar la calle, la calle Córcega de tantos años de mi vida, junto al paseo de San Juan, la casa que era de Aiko y a la que fui a vivir antes de que nos casáramos: allí donde está siempre, como una certeza inamovible, la contundente fuente de agua de Hércules.

103

W es una letra, es también un personaje de ficción que toma su nombre de *W o el recuerdo de la infancia*, de Georges Perec, y es también un espía mental del Auctor, del que sabe leer algunos de sus silencios, especialmente los que se han producido en algunas pausas y líneas negras de sus *apuntes*. Se habla de W, el espía, como Cervantes hablaba del licenciado Vidriera, o Paul Valéry de Monsieur Teste. Y la forma empleada para este fragmento creado desde los laberintos del subsuelo utiliza la fórmula marksoniana por la que parece decantarse últimamente el Auctor:

«W ama la agitación, el absurdo,
alguna manifestaciones del Mal indefinido,
la extravagancia, lo inesperado,
la variedad de escenarios,
el fantasma del incesto con Ryo,
y W también ama que el sol salga rodeado
de los astros,
que ya marchaban junto a él cuando por amor
a Ryo
dio a las estrellas el primer impulso».

104

Salgo al rellano, primera estación del viaje desde la cuarta planta hasta la portería. Alcanzada ésta, quiero ir directo a la calle. Pero, antes de salir y pisar el adoquinado que me dio problemas de estabilidad anoche, me viene el recuerdo de César Vallejo y de aquel tan suyo «salgo a la calle y hay calle. Me echo a pensar y hay pensamiento. Esto es desesperante».

Salgo a la calle y hay calle. Respiro tranquilo, lo desesperante habría sido que no la hubiera. Ahora bien, todo lo que veo son sombras, no personas. Todo transcurre en la más profunda oscuridad, sin género humano.

Superado el sobresalto, entiendo que a mi visión le puede haber afectado el aspecto nocturno que tengo hoy a plena luz del día. Y, nada más entenderlo así, como si hubiera corregido yo mismo la Parte Denver que le da noche a mis ojos, las sombras que veía entrar y salir de las tiendas del barrio han empezado a transformarse en perfiles humanos.

Me «echo a pensar» (que diría Vallejo), y hay pensamiento, aunque no sé dónde pretende éste llevarme, porque algo sigue relacionándome con la noche de ayer: al andar a veces me tambaleo, como si el adoquinado de mi ciudad no acabara de sostenerme.

Me detengo un instante para que los desequilibrios no me lesionen, y aprovecho para analizar el *efecto sombra* que casi de golpe se ha volatilizado y que no sólo ha sido breve, sino hasta divertido y tan de otro mundo que, por simplificarlo, diría que del universo Denver.

—Lo has visto por momentos todo con mis ojos de viejo monstruo —espero que esto o algo parecido me diga el narrador, pero continúa en riguroso silencio.

Con todo, lo más nuevo es que vuelvo a ver seres humanos, y a soportar sin problema —no siempre lo logro— tantos aires carnales juntos, por lo general tan toscos y animales.

Se va aclarando pues lo que veo, pero sigo sospechando, temblando, que me ha sido posible ver esas sombras por estar yo mirándolo todo con los ojos del *ocupante*, cada vez más espía mental que, justo cuando he salido de casa para buscar la calle, le estaba ganando la batalla a la otra Parte y consiguiendo que, durante el breve trance sombrío, los ojos Denver me hayan llevado a recordar a «La obra», el último relato de K, aquel cuento tan repugnante como inacabado, donde sólo hay bichos, alimañas, y ningún ser humano, ni uno.

Me pongo a pensar y hay pensamiento, porque da que pensar que «La obra», de no haber sido ésta el relato póstumo, habría posiblemente continuado de un modo muy rectilíneo, implacable, con alimañas y tarántulas, pero sin seres humanos; habría posiblemente continuado por barrios de calles con sombras, barrios sin vecinos, sin rastro de personas, sin género humano visible. Hasta la vecina fuente de Hércules habría sido una sombra monstruosa y un reflejo despiadado de la historia del mundo.

De no haber muerto aquel día en Kierling, sus narraciones habrían seguido por la senda de «La obra», ya sin presencia alguna de seres inteligentes.

«Estoy aquí», se sabe que fue lo que en el sanatorio de Kierling el doctor Klopstock le dijo a K cuando éste le pidió que no se fuera. «Yo me voy», dijo K entonces, y fueron sus últimas palabras.

El viejo dilema: estar aquí (en el calor del hogar) o bien irse (al otro lado).

O tal vez marchar por la senda sin seres humanos por la que voy ahora abstraído creyendo que no quedan sombras ni tampoco personas y sólo impera el silencio. Hasta que de pronto, con toda claridad, me veo dentro del Centro de Atención Primaria, repleto de personas que poco tienen de sombras. Cuatro de ellas acaban de entrar en el ascensor, y yo voy detrás. Salgo el último, en el cuarto piso, donde me sitúo enfrente mismo de la puerta D, donde acabo esperando más de lo previsto, primero con paciencia de santo y conducta impecable, hasta que, falto de los recursos que tengo en el gabinete por estar arriba en privilegiada posición, he quedado a merced de la voluntad del *ocupante*. A éste nada mejor se le ocurre que no dejar de mandarme, como si de sudor humano se tratara, todo lo terroso, lo negro, lo feo, lo bajo, lo vil, lo oscuro, lo mortal y la carne, el cabello, la grasa, todo aquello de lo que cada día estoy más hecho yo.

Es un ataque que va en serio y que, por lo que sea, me trae a la memoria lo que Violet me dijo anoche acerca de que ya iba siendo hora de que «tras tanta y tanta literatura, comenzara a abrirme a la vida de la gente corriente».

Cuando finalmente se ha abierto la puerta D y la enfermera ha pronunciado mi nombre, estaba pensando precisamente en cómo lo haría para relacionarme con ella con naturalidad. Y no he podido más que maldecir la inseguridad que me traspasara ayer Violet con su comentario.

La enfermera ha vuelto a llamarme por mi nombre y, nervioso, he dado un paso adelante sin haberme puesto en pie previamente —dicho de otro modo: en el apresurado movimiento que he realizado se ha adelantado mi Parte Denver— y por muy poco no entro al despacho rodando por el suelo.

105

Pasado el desconcierto, le explico a la enfermera con la mayor naturalidad de la que soy capaz que me extirparon hace diez días un carcinoma en la espalda y que se trata de quitarme los puntos. Sin camisa y sentado sobre una camilla, dejo que ella vaya sacando cuidadosamente los seis puntos y, cuando acaba, pregunta si quiero ver en una foto cómo ha quedado mi espalda. Rápidamente digo que no. Que no. Y acabo explicándole que, al tener los puntos en la espalda, no he visto la herida nunca y prefiero seguir así, porque, a la larga —hago una pausa—, será como si esos puntos no hubieran existido.

Todo lo hablado durante la sesión ha sido de una relativa pero suficiente naturalidad, salvo cuando he dicho «será como si esos puntos no hubieran existido», que es cuando se ha producido un silencio, como si hubiera notado ella una disonancia rara, un pequeño, extraño cambio de registro por mi parte, la introducción de un cierto toque raro en la tranquila conversación «tan natural».

Tal vez, me digo, la enfermera no entra en conversaciones ajenas a la estricta operación quirúrgica. Y, tratando de arreglarlo, lo estropeo más, porque, aunque en tono bajo y agradable, movido por mi obsesión por mostrarme natural con ella, no puedo evitar que mi voz, y no tanto lo que digo, suene muy tenebrosa cuando, sin que nadie me lo haya pedido, repito:

—Será como si no hubieran existido.

Es como si hubiera despertado al *ocupante*, que me hace decir:

—Las enfermeras no leen a Kierkegaard.

Aún ando avergonzado del desenlace de mi visita cuando, al salir del CAP, vuelvo a ver sombras, aunque esta vez el fenómeno es pasajero. Llegan las gaviotas hasta esta zona del paseo de San Juan y, al ver que una devoraba una paloma, he recordado que cerrar los ojos evita que exista lo que no queremos ver, y ha venido a mi memoria un momento de *Ejercicios de inmovilidad*, de Sònia Hernández, donde en uno de los procesos mentales narrados por el libro, en el cuento «La fiesta», una mujer sabe que, en su terraza, durante el tiempo que ella y una arrogante gaviota permanezcan inmóviles allí, nada pasará. Puede que ya haya empezado, cerca de su casa, la fiesta anunciada, pero mientras la gaviota que ha visitado la terraza y ella permanezcan en posición tan inmóvil, no habrá fiesta por mucho que haya fiesta, porque «si ella consigue pensar en otra cosa, la fiesta no existe».

106

Camino de la sala de cine que está al sur de la ciudad, voy bajando hasta la zona del Arco del Triunfo creando mentalmente lo que llamo *Breve Imitación de Markson* y que después, si la memoria la sabe conservar, irá a estos *apuntes*:

La última vez que alguien pronunció el nombre del Golem.

¿Experimentó y sopesó el Auctor los pros y contras de un final incestuoso para su Canon?

Me niego a saber lo que piensa de los hombres de talento alguien que no lo tiene.

Spinoza con frecuencia se dedicaba a buscar arañas, y luego las hacía luchar unas con otras.

Sin estar loco en absoluto.

107

Marchando a buen ritmo, entro en calor pensando en unas palabras del cineasta tailandés Apichatpong Weerasethakul. En ellas hablaba de la hora de camino que había realizado a pie muy poco después de la impresión hondísima que le causara *El caballo de Turín*, la película del húngaro Béla Tarr.

Decía Weerasethakul que el efecto de ver en una

sala de Chicago aquella película húngara le había hecho sentir toda la potencia del arte, y más concretamente del cine, por primera vez en su vida: «Nunca había visto nada parecido. En el film pude sentir la lluvia, el peso del tiempo, un tiempo al que no estamos acostumbrados, pero que es el tiempo real. Vi una película que era más que una película y una historia, era algo extraordinariamente sensorial. Decidí volverme andando a casa, y eso que había un trayecto largo. Fue una experiencia que me cambió para siempre».

Me ha parecido que podría imitar aquella emocionante vuelta a casa a pie de Weerasethakul por Chicago cuando, después del cine, volviera a casa. Y así ha sido como, proyectando mi regreso, he llegado a la sala del Paralelo, justo cuando iba a empezar *Días perfectos*, de Wim Wenders, cuyo personaje principal es el admirable, por tantos motivos, Hirayama.

Mientras voy viendo el film, combino, en alguna de las secuencias, lo que se cuenta en ellas con recuerdos aislados de los días vividos en Japón. Y algunos de ellos me llegan como si tuvieran confianza en resultarme atractivos, pero todos fracasan, quizás porque en la breve etapa japonesa se imponen los recuerdos amargos a los alegres. Pero la historia, la personalidad de Hirayama —con ese pasado familiar que, al ser silenciado, me ha recordado al de Ethan Edwards (John Wayne) en *Centauros del desierto*—, me ha atrapado aún más que la primera vez que vi la película de Wenders.

Al salir del cine, me he entregado en el trayecto de vuelta a la práctica de la emoción que me había producido el reencuentro con Hirayama.

108

Hirayama es un «hombre entero», aquello que, aunque ya sea sólo por el factor Denver, no seré yo nunca. Fue a Manuel Vicent a quien le oí una vez en la radio calificar de «hombres enteros» a Rafael Azcona y Juan Marsé, aunque no dio más explicaciones a los oyentes, dejándome intrigado y, durante días, preguntándome qué habría querido decir exactamente al utilizar aquel adjetivo.

Tendrá que tratarse, pensaba yo, de un hombre tal cual, «hecho de una pieza», el hombre raso por excelencia, sin añadidos, el hombre a campo abierto, tal vez el hombre que vive en lo real y no va por el mundo como yo, que marcho tan tambaleante, tan inseguro pisando de noche las calles de esta ciudad.

Pausa.

Conviví mucho tiempo con aquel concepto de

«hombre entero» que tanto me intrigaba, hasta que hoy, mientras comía los platos precocinados en casa y me distraía con el móvil, me ha parecido resolver de golpe el enigma. Ha sido cuando, en internet, al entrar en una antigua columna de periódico del propio Vicent, he leído que, como muchos *hombres enteros*, que se definen por sus zapatos, el guionista de cine Rafael Azcona los usaba muy resistentes, cómodos y apropiados para el barro, de una marca especial, salidos de fábrica preparados para no tener que meterse en charcos innecesarios.

Y seguía diciendo: «Si nadie en el cine europeo ha dialogado como este guionista, eso se debe a que usaba los zapatos adecuados. Siempre miraba dónde ponía el pie. Tal vez esa lección la había aprendido una noche oscura en Ibiza cuando volvía a casa en bicicleta después de una fiesta y llevado por la emoción poética le dio por levantar los ojos hacia las constelaciones y se dio un batacazo. Una y no más. Había que dejar las estrellas en su sitio allá arriba y poner la metafísica al nivel de las hormigas».

La metafísica y las hormigas, he pensado.

Pessoa vio, un día, desde su ventana, a un hombre común, a un lisboeta que salía de la Tabaquería de enfrente.

«Ah, lo conozco, es Estevez, que ignora la metafísica.

(El Dueño de la Tabaquería aparece en la puerta.)

Movido por un instinto adivinatorio, Estevez se vuelve y me reconoce;

me saluda con la mano y yo le grito ¡Adiós, Estevez! y el universo

se reconstruye en mí sin ideal ni esperanza

y el Dueño de la Tabaquería sonríe.»

Y yo río con él, pensando en Luiselli, que en su fragmento de *Papeles falsos* reunía a sus Estevez mexicanos con «los Wittgenstein con metafísica».

109

Hirayama es una persona de pocas palabras, amable y humilde, que vive en un modesto apartamento de Tokio y cada mañana se somete a un ritual idéntico: levantarse alegre, ver qué tiempo hace, ir al baño, afeitarse, regar unas plantas, todo muy metódico, siempre igual y sin aburrirse.

En parte, Hirayama me recuerda la alegría de mi disciplina matinal con destino al Canon. Es un hombre ligado a la palabra *ikigai*, ese concepto japonés que no tiene traducción literal, pero puede definirse como «razón de vivir» o «razón de ser», lo que hace que una vida valga la pena ser vivida. Para la cultura japonesa, todas las personas tienen un *ikigai*, pero encontrarlo requiere de una búsqueda interior, profunda y a menudo prolongada. Es obviamente una búsqueda importante, ya que llegar a conocer el propio *ikigai* no sólo da sentido a la vida, estrecha los lazos con ella.

Hirayama da toda la impresión de haber pasado por esa exploración personal que requiere tanta tenacidad como paciencia. Hirayama disfruta de su trabajo tanto como lo hace del amanecer, o de regar sus plantas, o de contemplar los árboles, o de una buena comida y bebida, o de un buen baño y de tomar fotos con su cámara del siglo pasado, así como de oír casetes de los años ochenta (Patti Smith, Lou Reed) en el equipo de música de su camioneta.

Puede parecerlo por sus lecturas de clásicos y sus casetes, pero Hirayama, como la sala en la que he vuelto a ver *Días perfectos*, no puede ser más de esta época.

Voy subiendo hacia casa, mientras disminuye la luz del día. Temo que, cuando caiga la noche, vuelva a ver más sombras que personas y que hasta reaparezca el *ocupante* y, sabiendo que voy desconectado de la vida de los transeúntes, vuelva a desorientarme. Pero si eso ocurriera cuento con la posibilidad de probar a sentirme Kate, esa heroína de Markson que sobrevuela una Tierra sin habitantes y, teniendo en cuenta que no hay testigos, probar a volar, como en el verso de Dante, «más allá del espacio y del tiempo».

Volar para escribir, que en sí mismo es una aventura escribir. Por eso escucho ahora la música de la prosa, y ésta quiero creer que es la que me guía. Ah, me digo, si supiera de antemano a dónde ir, no sería tan divertido. Pero, entonces, ¿no estoy subiendo por las calles adecuadas para regresar a casa? No me lo parece, por lo que me pregunto qué hago, hombre incompleto, en medio de la negra noche del horror más completo. ¿Me creó la desaparecida Boulder Corporation para que mi incompletitud construyera el más incompleto y aleatorio Canon? Lo ignoro, pero soy alguien que piensa que, al final, sólo tendremos lo que se ha escrito en nombre de todos, siendo yo una parte infinitesimal o, mejor dicho, invisible del engranaje por haber sido y no haber sido, digamos que por no haber sido nada más que un simple *passeur*, un simple pasador de fragmentos seleccionados de libros destinados a un Canon fuera de lugar, desplazado, un Canon como de reserva india.

110

La vuelta a casa lleva rato siendo un largo trayecto de subir y bajar para luego bajar y subir calles, algunas ya subidas y otras bajadas más de una vez, siempre con la impresión de que en la noche ya no me será fácil orientarme nunca más, jamás.

Hasta que, hará un minuto, me ha dejado atónito ver que volvía a encontrarme en lo alto del pasaje Mercader. Y me ha salido del alma pensar en «las vueltas que da la vida» y después he visto más apropiado hablar de «las vueltas que da la noche».

Inmóvil por ahora en lo alto del pasaje, aquí estoy, disfrutando, sabiendo que, en los próximos segundos, comenzaré a descender y no ignorando, por primera vez en mucho rato, dónde estoy. Pero también sé que, mientras mantenga la inmovilidad, me sentiré bien, porque habré revivido la sensación que busco más veces: detenerme en lo alto de un lugar, en la cumbre de una cuesta como ésta, y experimentar el momento en el que soy consciente de que, si no me deslizo por ella, si no me muevo ni paso a la acción, no habrá continuidad de vida y todo quedará extraviado en el agujero de alimaña y en la alimaña misma que llevo a cuestas hace ya demasiadas horas.

Tanto bienestar por una simple inmovilidad en lo alto de un pasaje parece indicarme que, para mí, una imagen y un momento glorioso sólo pueden existir en el instante preciso en el que aún *no ha ocurrido nada*, en el momento mismo en el que aún está por suceder algo.

Si pienso en los monótonos eriales que predominan en mis recuerdos implantados —donde curiosamente no sucede nunca nada, no hay acción, como si ésta hubiera quedado suspendida en el aire— me veo ahora obligado a pensar que hay en mí una atracción secreta por la quietud más absoluta. ¿La quietud que tantas horas del día alcanza mi Canon de reserva india?

111

Me acuerdo, y creo acordarme bien, de que aquello que más sorprendía y más encantaba a Altobelli era el tratamiento que daba Sterne a la acción en *Tristram Shandy*, porque en la novela hay un buen número de acciones infinitesimales, como, por ejemplo, cuando a lo largo de varios capítulos, el padre de Shandy intenta, con la mano izquierda, sacarse el pañuelo de su bolsillo derecho mientras, a la vez, con la mano derecha, trata de quitarse la peluca de la cabeza. O como cuando el doctor Slop, también en diferentes episodios, se esfuerza por deshacer los excesivos y demasiado apretados nudos de la bolsa donde están los instrumentos quirúrgicos destinados a traer al mundo a Tristram. Pero si pensamos que el nacimiento de éste no se produce hasta el tomo tercero de la novela, veremos una relación entre el placer que siento con mi inmovilidad de ahora en lo alto del pasaje Mercader —mi inmovilidad antes de que *suceda algo*— con las páginas del libro de Sterne, donde el supuesto suceso principal, el nacimiento del narrador, de Tristram, se retrasa tanto que, al terminar el segundo tomo, ni siquiera ha nacido.

Aunque Tristram aún no haya nacido, no me identifico necesariamente con él, pero lo paso bien cada vez que leo o veo que aún no ha nacido. De todos modos, en las últimas horas, desde que he situado mi infancia en los diez primeros años de mi vida cibernética, en los años de intensas lecturas y de búsqueda de todo tipo de conocimientos, en mis años de extraordinario «niño» literario, hasta me angustio al ver que Tristram tarda en nacer.

112

Se está bien fuera del Canon, en lo alto del pasaje Mercader, donde pienso en la mitificación, por mi parte, de ese momento inmediatamente anterior a una acción que ya uno intuye que va a ser *narrable*. Se está muy bien en lo alto del pasaje, porque es como si, desde la cima de un montículo, vieras que, al fondo de la llanura, tienes cerca ya tu pueblo y tu casa, y ya sólo te falta que con el caballo galopante de K, sin riendas ni la cabeza del propio caballo, vayas al lugar en el que anoche esperaste tantos taxis en vano.

Se está bien en lo alto de Mercader, en lo alto del pasaje.

¿Y esa mitificación, por mi parte, de ese momento anterior a una acción? ¿De dónde viene esa pasión por la inmovilidad antes de que suceda algo? Tal vez de no haber nacido, o de la infancia en la que, como le dijera a aquella periodista que acabó hablándome de fútbol, fui feliz porque no me sucedió nada, aunque ahora pienso que debería haberle explicado que no me sucedió nada, porque no tuve infancia o, mejor dicho, tuve una infancia muy particular, tal vez difícil de imaginar, porque fui un lector furioso desde mi primer minuto de vida, un niño —por nada cambiaría esto— extraordinariamente literario.

Pausa.

Pero quizás mi altar a la inmovilidad anterior a la acción se relaciona con lo que ocurriera una mañana de hace tiempo cuando aún vivía Altobelli. Había quedado con él en la terraza del bar Doria (hoy Jamaica) y allí le esperaba en ella cuando sorprendí —pensativos e inmóviles en lo alto de la Rambla de Cataluña, muy altos los dos, enfundados en envidiables abrigos— a dos poetas barceloneses de la generación de Altobelli. Los estoy viendo como si fuera ahora mismo, inmóviles del todo. Dos poetas con abrigos rojo escarlata, allí en lo alto, en actitud de descender, pero aún sin haber dado un paso. Con las manos atrás y la cabeza en posición ya reflexiva, actores de un probable ritual de invierno que se notaba que no era nada nuevo para ellos: rostros inteligentes (de los que dan miedo), a un paso tan sólo de comenzar a conversar sobre la vida y la conciencia, sobre el espacio y el tiempo.

Todo un intenso momento previo a la irrupción de la acción.

Cada vez que vuelvo a aquella estampa inmóvil, recuerdo que K hablaba de «ese momento decisivo en el que tienen razón los movimientos revolucionarios que reniegan de todo lo anterior, *ya que todavía no ha pasado nada*».

113

Si pretendía fatigarme andando, lo he logrado. Pero puede que haya valido la pena, porque es agradable este momento en lo alto del pasaje, por mucho que el anochecer parezca empeñarse en devolverle a la ciudad las sombras de cuando salí de casa.

Desciendo. No llego a dar más que unos pocos pasos. La tentación está en el número 3 del pasaje, en la terraza del Belvedere, coctelería y casa de comidas. Lo llevan Ginés y su esposa Nati. Los conozco, me conocen. Desde anoche, siento que es mi segundo hogar. Los saludé ayer antes de ir a la fiesta de Chus, que también es buena amiga de ellos.

Hay una única mesa libre en la terraza. La misma en la que Altobelli cogía unas cogorzas sensacionales y, con un entusiasmo exagerado, cantaba canciones de María Jiménez. Desde esa mesa le pido a Ginés un bullshot. Entiendo que bromea cuando me pregunta si no me parece que ya son demasiados bullshots por hoy.

Unos minutos después, aún no me ha llegado el bullshot y en la mesa de al lado un tal Mike, que vive en Nueva York y está casado con Alicia, peruana, suelta una sentencia como un piano y dice que el alma humana, a pesar de sus pretensiones, es vulgar.

En la mesa también está un joven catalán, Marc. Los espío a los tres desde que Ginés se fue, y hasta tomo disimuladas notas. Marc le dice a Mike que el alma humana, precisamente por saberse vulgar, se dedica a reivindicar el derecho a la vulgaridad y lo impone dondequiera, y que eso es todo o, mejor dicho, que eso es lo que hace que últimamente en el mundo todo esté peor que nunca, pésimo, más desastroso y estúpido de lo que debería estar.

Marc ha venido a conocer a Mike y Alicia porque

es amigo de toda la vida del padre de Alicia, un profesor que nunca se movió de Lima, y acaba de decir su hija, está bien, pero tiene un enfisema. Marc recuerda las tardes gloriosas en Lima con el padre de Alicia sentados eternamente en un viejo bar de San Juan de Lurigancho. Y todo cambia de ritmo cuando Marc dice haberse acordado de que el realizador David Lynch anunció hace poco que tenía un enfisema. Mike cambia de expresión y dice que él, a finales del pasado siglo, fue uno de los mayores impulsores de los videojuegos y que durante un tiempo trabajó de asistente de Lynch. Marc habla de la misteriosa atmósfera de las películas de Lynch, donde se mezclan fácilmente lo cotidiano con lo soñado, lo humano con la monstruosidad.

¿Lo humano con la monstruosidad? No soy paranoico, pero todos me han mirado después de lo que ha dicho Marc. ¿Qué pasa aquí? ¿Acaso están viendo, como en la carátula de *Aladdin Sane*, el disco de Bowie, la sombra roja del *ocupante* cruzando en diagonal mi rostro? ¿O no pasa nada? Para gustarme tanto los momentos de inmovilidad antes de que *vaya a suceder algo*, el susto que me he llevado ha sido colosal.

Desconecto de la mesa de al lado y sólo vuelvo a conectar cuando Ginés viene con mi bullshot y oigo entonces que Mike cuenta que también colaboró con el cineasta Errol Morris. No sé nada de este artista, pero no tardo en enterarme de que es amigo de Werner Herzog y que entre los films que ha dirigido el que quizás sea el más destacado de los suyos sea *Fast, Cheap & Out of Control* (Rápido, Barato y Fuera de Control), donde mezclaba las historias de un domador de animales, un jardinero de topiarios, un científico robot y un especialista en topos desnudos.

Aún estoy escribiendo la palabra *topiarios* —¿qué serán los topiarios?— cuando vuelven a mirarme los tres a la vez. Y en el momento en el que más me divierto poniendo cara de santo inocente, me traiciona el *ocupante*, que reaparece y me hace decir:

—Sí, soy Errol Morris, me habéis reconocido.

114

«¡Cuánto me alegro de estar de nuevo en casa!» es la frase final de *El maravilloso mago de Oz*, de L. Frank Baum. Y una de las 452 «últimas frases» de libros que articulan el artefacto literario de Camila Cañeque *La última frase*.

Todo es sorprendente en este libro (entró el lunes en el Canon), sorprendente incluso esa «artista del punto final» que es Camila Cañeque. Como filósofa abordaba con insistencia el tema del cansancio a través de escritos, instalaciones y *performances*. Adoraba tanto la inmovilidad que alguien dijo que parecía que militara en la Horizontal Oblomov.

En 2013, en Madrid, en la puesta en escena de *Dead end*, se arrojó con traje de flamenca al suelo y se quedó inmóvil, tumbada boca abajo en un pasillo y rodeada de flores y poemas del *Romancero gitano*, de García Lorca. A ese «boca abajo» de Cañeque le veo, por el placer solo de verlo, una conexión con un verso de «El rey de Harlem» del poeta granadino: «La sangre no tiene puertas en vuestra noche boca arriba». Después de todo, *Dead end* representaba «la rendición de España ante el capitalismo».

Un mes antes de publicar su primer libro, *La última frase*, Camila fallecía en Barcelona a los treinta y nueve años, de muerte súbita, mientras dormía. *La última frase* es un ensayo construido con las 452 frases últimas de 452 libros. Por una de esas conexiones extrañas entre vida y literatura, se convirtió de alguna forma en la última frase de Camila Cañeque. Es un libro que admiro por su extrema conexión con la verdad final, que desmiente, sin pretenderlo, aquello que decía Chéjov de que a toda narración habría que cortarle el principio y el final, porque son los lugares donde más mienten los escritores.

Imposible ignorar la belleza del método de Camila Cañeque, sobre todo cuando uno observa su talento a la hora de crear breves historias enlazando con naturalidad varias frases últimas. A esos mínimos nudos argumentales los une muy bien con las efímeras y agudas intervenciones y desapariciones que lleva a cabo la autora, hasta que su libro, como quizás no podría ser de otro modo, termina así:

Vale.

Atrás queda, por ejemplo, una frase de Sófocles en *Edipo rey* en la que parece que anuncie en qué estado de ánimo escribió Camila su libro: «Así que, siendo mortal, debes pensar con la consideración puesta siempre en el último día...».

Por otra parte, a diferencia de tantos colegas que creen que un libro se escribe con la misma rapidez que, pongamos por caso, un salto de potro, Camila Cañeque le da especial importancia a lo literario: «Me pasa algo con la maldita literatura. Tal vez sea el único lugar en el que he experimentado el sentimiento del amor, es decir, la admiración. Y, por lo tanto, su práctica, la escritura, me parece que sólo puedo ejercerla en base a una completa y rigurosa entrega».

Me fascina que el amor sea para ella un sentimiento de admiración.

Llueve en muchos desenlaces de novela. ¿Son los finales, como advirtiera George Eliot, el punto débil de la mayoría de los autores, el punto en el que, llueva o no llueva, se complica todo? A Camila, artista del punto final, nada se le complicó. Tampoco a mí leyéndola, acaso porque sabía que el sueño profundo había cerrado su tratado de frases últimas. Y tampoco veo complicación en que, tras leer *La última frase*, no haya dejado de oír dos rumores: el de la frase terminal de una novela de Victor Hugo («La muerte le llegó sencillamente, como llega la noche cuando se marcha el día») y el de la palabra única y última del *Quijote*: *Vale*.

115

Voy a dejar la mesa del Belvedere, que, con mis anotaciones y apuntes, casi he confundido con el escritorio de mi gabinete. Y voy a despedirme de Ginés, y de paso a pagarle el cóctel y felicitarle por él. Tras tantos años sin beber me ha sentado extraordinariamente bien. Se nota que ya soy más de aquí que de un Allí donde imagino que nadie bebe. Y qué decir de la música. Aquí está sonando *Sweet*, de Cigarettes After Sex, y las últimas notas de esta emotiva canción me acompañan en mi reflexivo descenso por Maluquer, en dirección a Punta Obama, donde ayer no había taxis y hoy ocurre lo contrario. Viendo pasar las luces verdes de los taxis, vivo como si viviera su conciencia de estar libres. Y acabo pensando en que la literatura debería haber sido hecha sólo por poetas malditos.

116

En el taxi es como si continuara sonando *Sweet*, y también como si les siguiera hablando de Errol Morris a las sombras de Alicia, Marc y Mike, el trío Lynch de la mesa vecina. Es seguramente una consecuencia directa de llevar un rato pensando en el final de los libros, en las *frases finales*, en las grandes novelas del siglo pasado que acabaron narrando cómo la historia que ellas querrían narrar realmente no podía ser contada.

No sé si me parezco demasiado a un personaje muy secundario del que habla Montaigne sin dar su nombre, pero que aparece en el fragmento que elegí de sus *Ensayos* cuando éstos, en el decimosexto día, entraron en el Canon.

Montaigne le califica de flemático y dice que se suponía que era tan distante y tranquilo que no reaccionaba ante las cosas. Cuando iba andando a algún sitio, no cambiaba de rumbo ni siquiera por los precipicios, o porque se acercase un carro, de modo que sus amigos tenían que intervenir para salvarlo. Hasta aquí no me identifico con él. Pero sí bastante cuando dice que era una clase de hombre que, si había empezado a decir algo, nunca dejaba de acabarlo, aunque la persona con la que hablara se hubiese ido ya. ¿Y cómo explicaba esto ese hombre? Decía que de ningún modo quería que le distrajeran de su *realidad interior* mediante los cambios externos.

117

Fatigado, tal como llevo horas buscando estarlo, irrumpo en mi dormitorio, entro en la cama y no tardo en sentir mis ojos clavados sobre mí mismo. Como anoche, pienso. Y así es, pero no tengo tiempo de decirme nada más, porque caigo dormido.

Despierto sobre las siete de la mañana y de lo soñado retengo sólo el final, el desenlace. Conservo en mi memoria el momento en que descubro, sin asombro alguno, que Punta Obama es el espacio donde la teoría de Einstein preveía el fin del tiempo. Allí, viendo pasar los taxis, en ese lugar que para Einstein estaba en el borde mismo de la realidad, percibo que, precisamente por estar en ese borde, se puede pasar al otro lado. Y, al otro lado, descubro a Ryo, que mira al sol con atención: ni un águila lo contempló jamás con tal fijeza.

«Conozco las señales de la antigua llama», digo.

Y noto que, a pesar de la emoción, o precisamente a causa de ella, todavía puedo volver hacia el cielo mi mirada, pero allí no hay nada que no sea ella, que no sea Ryo, con su dantesca luz invencible, y ya totalmente conmigo fuera del tiempo y del espacio, sin duda en una eternidad fuera del mundo.

118

En la mitad del Canon de la vida mía, entro perdiéndome por la selva oscura de la biblioteca ligera. Entro a primera hora, con cierta urgencia, poco después de desayunar. Con urgencia porque Teresa no tardará en llegar para ayudarme a restaurar el cuarto.

Influenciado por lo soñado y, consciente de que va a ser la última vez que el ritual tenga lugar en la cámara oscura, pues los restantes treinta y cinco libros serán elegidos a plena luz en el cuarto trastero, siento una infinita curiosidad por saber qué libro me proporciona hoy el azar.

Como de costumbre, antes de que pueda ver mejor en la penumbra, alargo a ciegas el brazo derecho y me hago con un libro de pequeño formato, que resulta ser *Yo y mi chimenea*, una novela corta de Herman Melville. Al reencontrarme con ella, lo hago también con mi atracción por las chimeneas, el fuego y, desde hace un rato, ese gran sol que Ryo miraba con atención e insuperable fijeza en el sueño.

Pausa.

Una vez fui con Aiko a Bournemouth, al sur de Inglaterra. Y en Skerryvore paseamos por el jardín donde había estado —la destruyó la aviación nazi— la llamada «casa de las dos chimeneas» en la que Stevenson, en estado febril, escribiera *El extraño caso del doctor Jekyll y Mr. Hyde.* Está bien saber que míster Hyde Hitler borró la casa, pero no el libro escrito en ella. Me recuerda esto a Aiko, a la que no importaba que lo que escribían los genios pudiera ser demolido, pues lo que permanecería —decía— sería la sensación de que un día, en algún lugar, se construyó algo.

El heroico granjero de *Yo y mi chimenea*, de Melville, es todo un símbolo de la resistencia al asalto al que los «últimos de la clase» someten últimamente a la gran literatura. El granjero se opone a que remodelen su casa y derriben la inmensa chimenea, alegando que destruirían lo más esencial de su finca. Le preguntan qué entiende por lo más esencial. «Sin ese gran fuego la casa perdería su espíritu», dice el granjero, para quien la finca tiene su roble, su camino y su chimenea. Sin ellos, perdería su carácter.

Pausa.

Llama Teresa al timbre, y apuro la frase que cierra mi comentario al cuento de Melville. En otras palabras, termino la ficha de *Yo y mi chimenea* para el Canon. Abro la puerta, y veo que Teresa viene más que preparada —y diría que hasta con entusiasmo— para la reforma exprés de la casa.

119

De niña, Ryo, al empezar a saber qué significaba construir algo por el solo placer de construirlo, dibujaba casas, todas con chimeneas humeantes, que era su modo de expresar que el ambiente familiar era el adecuado y que estaba a gusto en casa. La puerta principal y las ventanas indicaban el interés por relacionarse con los demás. Hubo un día en que el dibujo cambió ligeramente, y las chimeneas ya no humeaban. Luego, en el camino que desde la puerta iba a las afueras del dibujo, comenzaron a aparecer gorriones muertos. Afloró en Ryo lo que yo, pero especialmente su madre, más nos temíamos: mi gen Denver.

¿Una desgracia? En Tōjinbō hablaba Aiko con horror de las chimeneas sin humo y de la ausencia de un hogar en la tierra. Yo intentaba calmarla sugiriendo un posible lado vivificante del cruce de las dos naturalezas, la suya y la mía.

120

Ryo utiliza el WhatsApp para comunicarse conmigo cuando ya pensaba que no lo haría y se presentaría, sin más, directamente a las seis en casa, quizás incluso con la idea de imponer su ley y trastornar el orden mismo de su hogar.

Llega ese whatsapp cuando estoy comiendo en el Lulú, alias Bob Lulu.

Leo:

«Sentadita. Asiento 3C, pasillo. A punto ya de salir el avión. Dos maletas y una bolsa de mano. A las seis, puntual, en casa. ¿De verdad que me esperas? A Fritz por poco no le mato esta mañana. Escapó de los controles y le encontré en casa, de nuevo a cuatro patas, y ahora lamiendo las paredes. Estragos del fentanilo. A punto he estado de castigarle como a un niño muerto y atizarle duro con su bastón».

A Ryo le espera oscilar entre el fuego del hogar (sin el que mi tarea perdería su espíritu) y el viaje al punto más indestructible de la cuna del Canon, «*secretissima camera de lo cuore*».

Al salir del Bob Lulu, doy una vuelta por el barrio, que está tranquilo a estas horas. Los Denver, sin embargo, tienen su voz. Y sus risas, a mí no me engañan. Y hasta en el aire percibo el Mal indefinido que está por llegar.